OBJETOS DE PODER

A MALDIÇÃO DAS FADAS

MARCOS MOTA

OBJETOS DE PODER

A MALDIÇÃO DAS FADAS

Livro 3

Principis

Esta é uma publicação Principis, selo exclusivo da Ciranda Cultural
© 2023 Ciranda Cultural Editora e Distribuidora Ltda.

Texto
Marcos Mota

Produção editorial
Ciranda Cultural

Editora
Michele de Souza Barbosa

Diagramação
Linea Editora

Preparação
Walter Sagardoy

Design de capa
Filipe de Souza

Revisão
Maria Luísa M. Gan

Dados Internacionais de Catalogação na Publicação (CIP) de acordo com ISBD

M917m	Mota, Marcos.
	A maldição das fadas - Livro 3 / Marcos Mota. - Jandira, SP : Principis, 2023.
	192 p. ; 15,50cm x 22,60. - (Objetos do poder).
	ISBN: 978-65-5097-050-5
	1. Literatura brasileira. 2. Fantasia. 3. Simbologia 4. Ocultismo. 5. Magia. 6. Poderes sobrenaturais. I. Título. II. Série.
2023-1264	CDD 869.93
	CDU 821.134.3(81)-34

Elaborado por Lucio Feitosa - CRB-8/8803

Índice para catálogo sistemático:
1. Literatura brasileira 869.93
2. Literatura brasileira 821.134.3(81)-34

1ª edição em 2023
www.cirandacultural.com.br
Todos os direitos reservados.
Nenhuma parte desta publicação pode ser reproduzida, arquivada em sistema de busca ou transmitida por qualquer meio, seja ele eletrônico, fotocópia, gravação ou outros, sem prévia autorização do detentor dos direitos, e não pode circular encadernada ou encapada de maneira distinta daquela em que foi publicada, ou sem que as mesmas condições sejam impostas aos compradores subsequentes.

Para Júlia Dornellas

SUMÁRIO

Prefácio 9

Adivinhação 11

Verdadeira magia 22

Um poder oculto 32

Rebeldia 44

A pena e a lança 53

Tragédia 71

Metáforas 89

Na Forja-Mestra 108

Gabriel 125

Decifra-me 139

Sepultados vivos 155

Na tormenta 166

Adeus 174

A sacerdotisa 185

PREFÁCIO

Os diversos **mundos** foram criados através do conhecimento e da sabedoria.

A paz, a harmonia e o bem reinavam entre as raças não humanas, até que uma força cósmica, posteriormente denominada Hastur, o Destruidor da Forma, o maior dos Deuses Exteriores, violou as leis das dimensões superiores e iniciou uma guerra.

Para evitar a destruição de todo o Universo, Moudrost, o Projetista, a própria Sabedoria, dividiu o conhecimento primevo e o entregou, através de sete artefatos, a seis raças de Enigma.

Aos **homens,** a última raça criada, foram entregues as inteligências matemática e lógica. As **fadas,** habitantes das longínquas e gélidas terras de Norm, a ciência natural. Aos **aqueônios,** a linguística. Aos **anões alados,** habitantes selvagens dos topos das montanhas, a história e geografia condensadas em um único tipo de conhecimento. Aos **gigantes,** os maiores dos Grandes Homens, a ciência do desporto. E aos **anjos,** primeira das raças não humanas, o conhecimento das artes.

A guerra estelar cessou, resultando no aprisionamento dos Deuses Exteriores.

Hastur, porém, conseguiu violar outra vez as dimensões da realidade e se livrar do confinamento, também conhecido como Repouso Maldito dos Deuses. Dessa forma, ele desapareceu na obscuridade, sendo obrigado a vagar pelo primeiro mundo das raças humanas à procura dos Objetos que lhe trariam o poder desejado e a libertação.

O Destruidor da Forma intentava reuni-los como única maneira capaz de destruir Moudrost e implantar o caos e a loucura no Universo. Sua perturbadora fuga ao aprisionamento só foi percebida quando, um a um, os possuidores dos Objetos de Poder começaram a morrer misteriosamente, todos em datas próximas.

Contudo, para a desgraça de Hastur, os Objetos de Poder nunca mais foram vistos. Envolvidos sob um manto negro de enigmas, os sete artefatos mágicos desapareceram com a morte de seus possuidores.

Neste capítulo de nossa história você acompanhará uma jovem fada em busca do Objeto pertencente ao seu povo. E saberá quem encontrou o Objeto de Poder dos Aqueônios.

ADIVINHAÇÃO

A morte é cruel. E é também a única certeza que qualquer pessoa pode ter sobre sua vida. Para saber isso, não há necessidade de rolar dados, consultar as estrelas ou perscrutar uma bola de cristal. Na maior parte do tempo, é sobre a morte que Aurora Curie está pensando.

> *"Se essa rua, se essa rua fosse minha,*
> *Eu mandava, eu mandava ladrilhar*
> *Com pedrinhas, com pedrinhas de brilhantes,*
> *Para o meu, para o meu amor passar."*

Era o dia de seu décimo terceiro aniversário. Um dia especial que deveria ser alegre, mas Aurora só conseguia pensar nas melancólicas palavras da triste canção. A menina crescera escutando aquela música, cantada pela doce e serena voz de sua mãe.

"Como eu gostaria que minha mãe estivesse aqui!", pensava a menina. Huna, a sacerdotisa, mãe de Aurora, viajara há mais de dois meses. O verão chegou, as aulas acabaram e, para não ter que aturar a neta insuportável, Morgana inscrevera Aurora naquela maldita colônia de férias.

Logo no dia de seu aniversário, ela ficaria presa naquele pedaço de terra que media menos de dois hectares, com crianças birrentas, bem mais novas que ela. Era injusto, humilhante. Contudo, sendo uma decisão vinda de sua avó, Aurora não esperaria outra situação.

Aurora desejava a magia das fadas. Era tudo o que mais almejava em toda a sua vida e sabia que mais cedo ou mais tarde a receberia, como sempre acontecia a uma estudiosa filha de sacerdotisa. Aprendera a gostar daquilo por intermédio de sua mãe.

No entanto, algo a incomodava no fato de ser uma fada: a morte precoce.

Assim como fora com Huna, com sua avó – céus! Com sua jovem amiga Irene que morreu por amor – e com todas as outras mulheres encantadas antes delas, Aurora estava destinada a ter uma vida amorosa arruinada. Ainda que se apaixonasse, ela jamais poderia demonstrar tal sentimento.

Bem! Mais ou menos isso. Ela até poderia se apaixonar e corresponder ao amor manifestado; no entanto, quando isso ocorresse, dentro de poucas horas ou dias algo fatal aconteceria a ele.

O garoto morreria se declaradamente ela o aceitasse. Por esse motivo, Aurora jamais conseguiria constituir uma família ou, pelo menos, caso viesse a ter um filho, este jamais teria a chance de conhecer o pai. Essa era a maldição das fadas.

"Todos morreremos, independentemente de qualquer maldição."

A lembrança das duras palavras de Morgana invadiu a mente da pequena fada.

Por que sua avó gostava de dizer aquilo? Por que ser tão pessimista e rabugenta?

Tratava-se de uma escolha: matrimônio ou magia? Uma palavra e outra começavam com a letra m, assim como maldição. Então, estava determinado. Para Aurora poder receber a magia e não ter o matrimônio seria o mesmo que viver solitária no paraíso, sem o direito de experimentar tudo o que a vida poderia lhe proporcionar.

E como se não bastasse, naquele dia em que tudo devia lhe parecer mais que especial, a menina tinha que conviver com uma dor de cabeça insuportável e com dores abdominais que a perseguiam desde o dia anterior.

A canção que escutara por toda a sua infância lhe assaltou o pensamento, novamente.

"Nessa rua, nessa rua tem um bosque,
Que se chama, que se chama solidão.
Dentro dele, dentro dele mora um anjo,
Que roubou, que roubou meu coração."

Aurora sentiu a brisa quente do mar vindo roçar sua pele negra e lisa.

Desde que chegara à colônia, a visão do oceano revolto e espumante sob o promontório era a única coisa que valia a pena. Tudo o mais era um tédio. As instrutoras, as outras crianças, a comida...

"Urgh! A comida! Como alguém poderia chamar aquilo de comida? Ontem mesmo vi Eulália deixar cair o pano de assoar o nariz das crianças dentro da panela do leite. E não estou certa de que o leite foi descartado ou, pelo menos, fervido em seguida."

O desconforto da pequena fada de pele escura, cabelo cacheado e olhos negros arredondados traduzia-se também em cansaço físico. Ela se via obrigada a sorrir para todos e fingir que estava gostando daquilo. Se fosse para passar a maior parte da semana, isso incluía o final de semana, com aquela gente, que fosse numa boa. Sem desentendimentos e grosserias.

Sim! Aurora Curie era bem mais esperta do que sua avó poderia imaginar. Era considerada rebelde, ingrata, mas tinha inteligência. Pelo menos para manter um bom convívio com todos ao redor. Gostasse ou não, manter a cordialidade em um relacionamento era tudo para ela. Mas isso também traduzia sua insegurança. Ouvira isso de sua avó: "Tentar ficar bem com todo mundo, a toda hora, em toda situação, nada mais é do que uma forma disfarçada de covardia. Saiba disso".

– Ei, Aurora, faça uma mágica para nós! – gritou um garoto de oito anos de idade, raquítico como um cabo de vassoura. – Henry é novo na cidade e quer ver sua magia.

O pedido era inoportuno e cruel, pois Aurora não possuía poder mágico algum. Lógico que era filha de uma fada e, por consequência, também poderia ser considerada como tal. Mas ninguém nasce pronto. Nem historiadores como os anões alados, nem matemáticos como os humanos, nem mesmo fadas. E aqueles pirralhos não sabiam disso, porque a garota tratava de esconder a verdade de todos que não eram encantados, preferindo deixá-los à sorte com seus achismos e superstições a respeito do povo dela.

Um grupo de crianças imediatamente cercou a menina, constrangendo-a.

Era por esse motivo que Aurora não contava a ninguém que não possuía qualquer tipo de poder sobrenatural. Semelhante à vergonha que suas colegas de sala sentiam, quando seus pais as levavam até a porta da escola ou as buscavam. Ninguém gosta de ser chamado de "criancinha" quando já se tem mais de dez anos de idade. Muito menos uma fada com treze anos, no que diz respeito a possuir um poder mágico.

Evitando transparecer tédio e aborrecimento, Aurora deu a última olhada na arrebentação do mar. Do outro lado da Baía Estreita – também conhecida como Baía dos Murmúrios, devido ao som angustiante, vívido e perturbador produzido pelo quebrar das ondas nas rochas e pelo vento soprando nas escarpas do paredão rochoso –, em um promontório peninsular ao norte e bem mais elevado que aquele onde ela se encontrava, a fada avistou uma imponente estrutura abandonada há séculos. Era o Farol de Brón, rodeado pela Floresta Negra, onde se encontravam as ruínas da cidade fantasma de Matresi, local inabitado, assombrado, temível e com um passado sombrio.

O desejo da fada era de poder chegar até Matresi e por lá ficar, isolada de todo aquele rebuliço. Gostaria de ficar longe de todos, de toda perturbação, de modo que não precisaria provar nada para ninguém.

– Vou lhe apresentar algumas imagens em um cartão – respondeu a fada, voltando-se para Henry, o novato na cidade. – Você deve escolher em silêncio, na sua mente, apenas uma delas. Então, eu adivinharei qual você escolheu.

Ouvir aquilo foi surpreendente e empolgante para todas as crianças presentes. Algumas crianças nunca se cansavam de ver aquele truque realizado pela fada, pois pensavam se tratar de verdadeira magia.

Aurora retirou um cartão de papel de dentro de sua pequena bolsa e exibiu para Henry os oito desenhos numerados:

O silêncio foi completo.

Cada criança não só aguardava o prosseguimento daquele espetáculo como também esperava algum tipo de revelação sobre a escolha secreta do garoto. Todos desejavam ter a chamada "visão" das fadas.

Segurando a folha diante dos olhos do novato, o coração de Aurora acelerou, quando, despretensiosamente, ela percebeu a aproximação de alguém junto ao círculo que se formara a seu redor. Era Pedro Theodor, o irmão de Isabela, a garotinha de sete anos de idade que também compunha a multidão de curiosos que a circundava. O que ele estaria fazendo ali?

Pedro era dois anos mais velho que Aurora. Filho de Kesler e Virgínia Theodor, um casal de aqueônios[1] que vivia há anos na cidade de Bolshoi, trabalhando como fazendeiros. Relativamente alto para sua idade, olhos repuxados, cabelos lisos negros e uma pele alva. Um garoto, considerado por Aurora, educado, inteligente e, acima de tudo, muito bonito.

Ela tentou se concentrar no truque que executava, o que não foi fácil.

As crianças comentavam, mas nunca um adulto – ou melhor, pessoa com mais de treze anos de idade – tinha assistido a toda aquela encenação perpetrada pela pequena fada. Era um truque barato, ela sabia, que impressionava, porém, toda a turma da escola.

"E se Pedro descobrir que é um embuste? Uma enganação?", pensou Aurora, apreensiva, enquanto Henry ainda vasculhava com suspeita as opções desenhadas na folha de papel.

Desde que o conhecera, Aurora queria se aproximar do aqueônio, fazer amizade com ele. Pedro era simpático, de uma maneira especial,

---

[1] Habitante da região norte de Enigma. Embora parecidos com os humanos, possuem cauda, como um quinto membro que os auxilia na locomoção e defesa.

como nenhum outro garoto da escola. Contudo, se Pedro Theodor descobrisse que ela era uma impostora, que rumo tomariam os planos da fada de se tornar sua amiga e ganhar a afeição dele?

– Você já escolheu? – perguntou ela, fitando novamente o magricela novato, que balançou a cabeça, confirmando.

A multidão de olhos voltou-se para Aurora.

– Agora eu vou apontar para esses cinco conjuntos de desenhos. É aqui que acontece a verdadeira magia – continuou ela, exibindo cinco cartões menores, cada um contendo aleatoriamente quatro desenhos daqueles que constavam na primeira folha apresentada. As imagens nos cartões também possuíam numeração própria, escrita à esquerda e acima delas. – Basta você me dizer em qual ou quais cartões o desenho que você escolheu aparece. Então, eu direi qual foi a sua escolha.

As feições de Henry manifestaram certa incredulidade. Isso sempre acontecia na primeira vez de cada criança desafiada pela fada.

Como havia escolhido mentalmente o desenho da seta para a direita, o garoto confirmou para a menina que sua escolha aparecia no primeiro, segundo e quarto cartões.

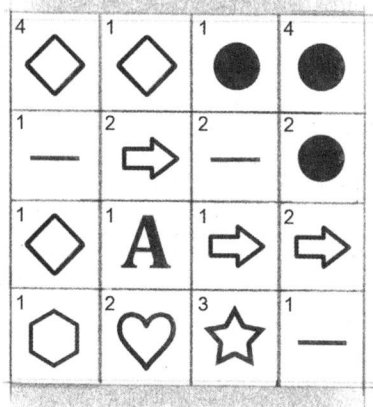

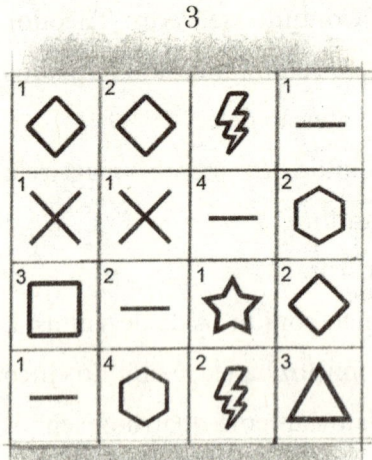

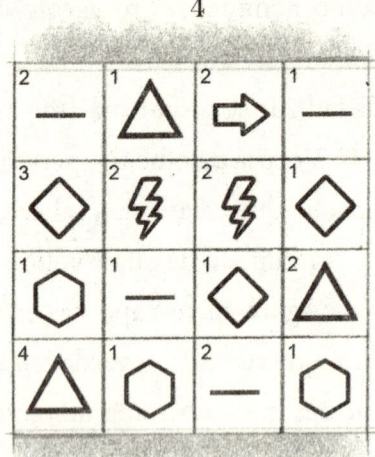

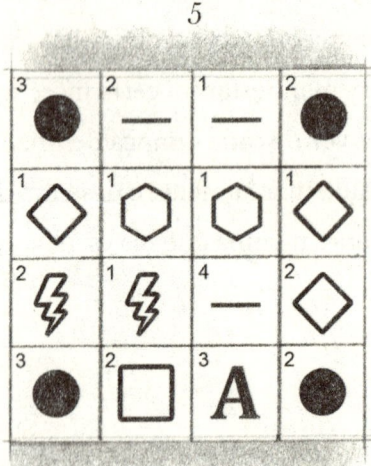

Como que em um passe de mágica, Aurora respondeu com a firmeza e a voz impostada, que sempre usava para o momento:

– A figura escolhida foi a seta para a direita!

A paralisia facial e os monossílabos guturais de espanto da criança sempre eram esperados. Ao que tudo indicava, Aurora conseguira ler o pensamento de Henry, acertando a escolha que ele fizera. As crianças sempre pediam que repetisse aquele número de magia. Funcionara!

A menina corou ao olhar para Pedro, que assistia de longe ao espetáculo com o olhar de quem havia gostado. No entanto, naquela manhã, algo diferente aconteceu. Henry não lhe pediu que tentasse ler de novo seu pensamento. Malandramente, ele tomou das mãos de Aurora os cartões que lhe foram exibidos e falou à primeira menina que viu à sua frente:

– Vamos, escolha você uma imagem desta folha, deixe-me tentar ler seus pensamentos.

Um embaraço tomou conta da fada, porém ela não podia impedir Henry de usar seus "artigos de magia".

Em seguida, o novato colocou os cinco outros cartões diante dos olhos da menina a quem ele desafiara, e ela indicou em quais deles a imagem mentalmente selecionada aparecia.

– Sua escolha foi o coração! – gritou Henry, com um sorriso nos lábios.

A garotinha arregalou os olhos, incrédula, e gritou para todos ouvirem que o menino lera seus pensamentos. Os cachos do cabelo de Henry balançaram, enquanto ele festejava seu sucesso. Aurora passou a acreditar que tomaria aversão a meninos com cabelos encaracolados após aquele incidente. Ela sabia que fora desmascarada.

Histérica, a multidão de crianças explodiu em gritos e exclamações de surpresa, anunciando que Henry pertencia ao Povo Encantado, pois, como a fada, ele também conseguira ler os pensamentos de alguém.

Aurora tentou, em vão, arrancar as folhas das mãos do novo mágico do pedaço, mas Henry já escolhera um garoto pequeno, de olhos azuis vibrantes, para ser seu novo desafiante.

A brincadeira prosseguiu.

A fada, disfarçadamente, investigou a reação de Pedro Theodor, do outro lado da turba, agora apoiando com carinho a mão direita no ombro de Isabela, como um verdadeiro irmão mais velho, em sinal de proteção. Era óbvio que ele percebera que a mágica de Aurora não passava de um fiasco.

Então, finalmente, Henry acertou pela segunda vez a escolha agora feita por um menino. E, antes que a fada pudesse tomar os cartões das mãos do novato – numa segunda tentativa –, ele revelou em alta voz o segredo daquela falsa magia:

"Basta somar os números escritos no desenho superior esquerdo de cada cartão onde a imagem escolhida pelo desafiante aparece. O total dessa soma indica o número do desenho que está na primeira folha de papel onde a escolha é feita."

"Se eu roubei, se eu roubei teu coração,
É porque, é porque te quero bem.
Se eu roubei, se eu roubei teu coração,
É porque tu roubaste o meu também."

A triste canção voltou a tocar na mente da pequena fada. Era seu aniversário, mas, no lugar de felicitações, ela recebera: vergonha, desonra e escândalo.

Como a chamariam daquele momento em diante? Impostora, fada de mentira, trambiqueira, vigarista?

– Ela não é uma fada de verdade – prosseguiu o delator. – Isso é apenas um truque matemático. Eu o aprendi com velhos amigos em Corema, pouco antes de me mudar para cá.

A MALDIÇÃO DAS FADAS

Uma vaia uníssona preencheu o pátio de recreação e ecoou na Baía dos Murmúrios. A insegurança da fada batalhou contra sua honra e estava prestes a vencê-la. Apreensiva com o vexame a que fora submetida, Aurora teve vontade de chorar, mas se conteve, o que significou, pelo menos, certa dignidade para ela.

Calada, com o coração inquieto e batendo forte, sem conseguir dizer sequer uma palavra, ela se lembrou de Morgana. Creditaria toda aquela humilhação à sua avó, a única culpada por ela se encontrar naquela repulsiva e enfadonha colônia de férias.

De repente, o tumulto provocado pela descoberta de sua tramoia cessou e o burburinho converteu-se em total silêncio, ao som da voz de Pedro Theodor.

VERDADEIRA MAGIA

– Calem-se! Ela é uma fada de verdade! Estejam certos disso – afirmou Pedro.

A quietude que se fez foi impressionante, pois Pedro sequer tinha uma voz potente ou enérgica, embora soasse agradável e persuasiva. Naquele momento, ele se tornou o centro das atenções. Todos se calaram ao comando de sua voz. Absolutamente todos.

Aurora atribuiu o silêncio e atenção da multidão ao fato de Pedro ser o mais velho entre os que a cercavam. Muitas vezes, idade traduz-se em respeito no pátio da escola, nas brincadeiras de rua e, por que não, numa colônia de férias?

– Digam-me, pois, se vocês tivessem realmente um poder tão grande como o de Aurora, se vocês pudessem ler a mente das pessoas, não seria mais sensato ficar no anonimato? Por que expor tal poder? Isso não poderia se tornar sua própria maldição?

A MALDIÇÃO DAS FADAS

Aquelas palavras, sim, pareceram sensatas para a fada. Pedro estava salvando sua pele. Era amável e delicado vê-lo defendê-la daquela maneira carinhosa e corajosa.

– Tenho certeza de que Aurora quis apenas preservar seu dom mágico, utilizando-se de um truque que poderia ser facilmente descoberto. Assim também ficaria livre de um fardo. Vocês devem concordar.

Nos olhares de todos, inclusive no de Henry, percebia-se concordância. Era algo espantoso, vindo de um menino que acabara de acusá-la de charlatanice. Ele cedera facilmente ao argumento de Pedro. Como?

Então, o que se seguiu, para horror de Aurora, pareceu terrível e injusto. Seu defensor, o garoto por quem ela nutria tanta admiração secreta, jogou a pobre menina novamente no meio de um fogo cerrado.

– Você! – Pedro apontou para uma menina num vestido azul desbotado – Você se importaria se Aurora lesse, de fato, seus pensamentos? Nada de cartões ou números desta vez.

A menina interrogada abanou a cabeça, respondendo que não, mas Pedro desconsiderou a vontade da criança.

– Vamos, Aurora, você é nossa fada. Diga-nos em que esta linda garotinha está pensando – finalizou o aqueônio.

Diante de tal inusitada e abominável solicitação, Aurora estancou pálida e com os lábios trêmulos, sentindo-se na obrigação de responder algo.

– Seja corajosa. Todos aqui ficarão impressionados com sua magia. Ninguém vai te aborrecer mais, quando você a tornar evidente.

Ela perscrutou o olhar de Pedro. Havia algo enigmático no que ele estava promovendo. E, de alguma maneira, a fada não pôde resistir àquele desafio.

– Vamos, diga alguma coisa para essa mocinha – insistiu ele.

Ainda com pavor, Aurora começou a inventar alguma coisa para dizer, pois não fazia a mínima ideia sobre o que a menina de vestido azul poderia estar pensando.

– Esse acampamento está sendo chato para você, mas seus pais não tiveram escolha. Eles precisam trabalhar, por isso a enviaram para cá. Não tinham com quem deixá-la e as coisas não vão bem na cidade de Bolshoi. Vivemos numa pobreza quase extrema. Eles precisam trabalhar. E... você infelizmente está aqui.

– Aurora está certa – disse Pedro. – Diga-nos que era exatamente nisso que você pensava.

Aquelas palavras não soaram como uma pergunta, mas como uma afirmação. Ainda assim, a garotinha abriu a boca confirmando a assertividade no que a fada dissera.

– É verdade.

As crianças recomeçaram um alvoroço, que foi interrompido por Henry.

– Ela não leu pensamento algum, só falou o óbvio – acusou o garoto de cabelo encaracolado.

– Vamos, Aurora, leia a mente de alguém mais – intrometeu-se Pedro, sem se incomodar com a oposição de Henry.

A pequena fada estava atônita. Realmente, ela inventara tudo aquilo sobre a menina de vestido azul desbotado. Talvez tivesse falado apenas o que ela própria estava sentindo, o que pareceu indubitavelmente o óbvio. "Quem poderia estar gostando daquela colônia aborrecida? Cada responsável por uma criança ali, certamente, não tinha outra opção a não ser enviá-la para aquele lugar. E a cidade estava se tornando cada vez mais um local terrível para se viver."

– Vocês acreditarão que ela pode ler seus pensamentos. Que tal esse garoto, Aurora? – da mesma forma segura e misteriosa, dessa vez, Pedro apontou para um menino sardento com cabelo loiro espetado. – Eles estão começando a ficar amedrontados com o que pediram para você fazer – disse o aqueônio, voltando-se para a fada. – Tenha coragem de mostrar a eles o seu poder.

Uma atmosfera de apreensão preencheu a roda. Até mesmo Henry colocou em dúvida suas convicções sobre o que estava acontecendo.

– Você é capaz! – incentivou Pedro – Diga qualquer coisa. Vamos. O que quer que seja – sussurrou no ouvido de Aurora.

Encorajada, sem ainda saber o rumo que tomaria aquela brincadeira esquisita, ela prosseguiu, olhando nos olhos do menino sardento.

– Realmente, estar aqui distante de nossas famílias é muito chato. Então é lógico que é nisso que a maioria de nós está pensando. Henry tem razão, ao dizer que foi meio óbvio. Mas quanto a você, sei que está com saudades de seu pai, que faleceu há dois meses.

Até eu, que cheguei ontem aqui, sei que ele ficou órfão recentemente – acusou Henry, intrometendo-se, com escárnio.

Os olhos de Aurora não se detiveram nem no olhar inquiridor de Henry nem no encorajador de Pedro. Ela se voltou para o sardento e continuou.

– Você sabe que a saúde de sua mãe está debilitada e não sabe o que fazer para ajudá-la, pois, como diz nosso prefeito, as leis severas da rainha Owl sobre os camponeses e as cidades distantes da capital estão levando toda a população do Reino de Enigma à pobreza extrema.

– Aurora está certa. Era exatamente nisso que você pensava – afirmou Pedro.

Os espectadores, maravilhados e atentos, viram o garoto afirmar que a fada estava certa. Henry, porém, insistiu em manter oposição.

– Ela ainda permanece muito genérica. Tudo isso não passa de um truque barato como o que acabei de desmascarar.

– Que tal você provar para esse fedelho, de uma vez por todas, que seu poder de fada é real, Aurora?

A menina se estancou. Pedro estava indo longe demais.

Até aquele instante, ela tivera sorte, assim pensava. Não havia nada de específico ou oculto no que dissera e, para seu bem, tanto a menina de vestido azul desbotado quanto o garoto sardento haviam confirmado suas palavras. Mas o que ela falaria sobre Henry? Nem mesmo o conhecia. Não sabia absolutamente nada sobre aquele pestinha, afinal, ele acabara de chegar à cidade.

Aurora pensou primeiramente em Huna, sua mãe, depois na canção que a fazia se lembrar dela. Por último, olhou para o promontório do outro lado das águas agitadas da Baía dos Murmúrios. O Farol de Brón mantinha-se intocado, ereto e sombrio. Outra vez imaginou o quanto aquele seria um esconderijo perfeito para fugir da mísera vida que levava na cidade de Bolshoi. Em uma época distante, uma fada habitou aquele lugar. Por que ela também não poderia fazê-lo?

Sem se lembrar de que era seu aniversário, Aurora prosseguiu com a bizarra brincadeira de adivinhação, pois queria acabar logo com aquilo, mesmo que a vergonha e a humilhação fossem sua recompensa final.

– Você não queria deixar a capital, Henry. Está detestando morar em Bolshoi. Aqui não há a fartura que existe em Corema – começou ela, abordando de forma tímida fatos descaradamente previsíveis. – E você sabe o verdadeiro motivo pelo qual seu pai se mudou para cá.

Aurora não se preocupava em ofender Henry com o que quer que dissesse. Depois da humilhação a que fora submetida pelo garoto, ela se sentia disposta a impressionar com suas palavras tanto seu opositor como a multidão de crianças a seu redor. Apenas isso.

— Melhor do que qualquer um aqui, você tem conhecimento de que estamos sendo roubados pelo prefeito de Bolshoi e seus cobradores de impostos.

Surpreendida por sua própria declaração, Aurora não vacilou, deu andamento a seu discurso inventado, mesmo que ele viesse a ser contestado por Henry no final.

— Seu pai é um velho amigo de Jasper, o prefeito. E as coisas não andavam bem para vocês em Corema, não é? Como uma dívida de amizade, Jasper o convidou a se mudar para Bolshoi, onde lhe daria o cargo de chefe dos cobradores de impostos, e as coisas supostamente melhorariam. Mas, no fundo, você sabe, escondido já ouviu várias conversas entre eles: o povo dessa cidade está sendo roubado pelo prefeito e seus carniceiros cobradores. E agora seu pai está participando disso.

Olhares arregalados fitaram Henry, um sorriso satisfatório brotou nos lábios de Pedro Theodor. Então, Aurora concluiu:

— É por isso que a população desta cidade tem vivido na miséria, mesmo com seus habitantes, nossos pais, trabalhando e produzindo tanto. A culpa não é só da rainha Owl. O lucro de toda a produção tem sido desviado para os bolsos do prefeito corrupto.

— Ela está certa, Henry. Admita! Aurora leu seus pensamentos — afirmou Pedro.

Com a face lívida e uma atitude de quem tenta negar o que acabara de ouvir, Henry não conseguiu dizer nada além de um "sim". Parecia ser impossível resistir à afirmação que Pedro lhe fizera.

Todos estavam chocados com o que acabavam de escutar, de Aurora e de Henry. Aquelas eram crianças sofridas e miseráveis que viviam a maior parte do tempo distante de seus pais, então obrigados a trabalhar dia e noite para sustentá-las. Eram largadas diariamente nas escolas, quando não ficavam presas em suas próprias casas malcuidadas.

Ainda que as palavras de Aurora não fossem verdadeiras – e para ela não eram, mas frutos do desespero em querer impressionar a plateia –, elas fizeram certo sentido para todos, quando confrontadas à realidade em que viviam.

Henry ainda tentava compreender por que dissera aquele sim, confirmando o suposto dom de Aurora. Ele nunca se preocupara em acompanhar as atividades de seu pai nem suas relações com o prefeito. Contudo, ele poderia até suspeitar da existência de um conluio pelas conversas esquivas que presenciara, mas, sobretudo, fora persuadido pelas palavras de Pedro a dizer que a fada falara a verdade. O que estaria acontecendo?

– Pense duas vezes antes de duvidar dos poderes de uma fada – aconselhou Pedro em alta voz.

E antes que Henry ou qualquer outra criança pudesse dar prosseguimento àquela estranha discussão, o sino da colônia de férias soou, anunciando a hora do lanche da manhã.

A poucos metros de onde eles estavam reunidos, três mesas compridas de madeira estendiam-se com seus bancos únicos também compridos, de um lado e outro. Havia um telhado precário cobrindo a área de alimentação. Duas serventes batiam com o cabo de enormes conchas nas panelas de mingau, reforçando o aviso dado pelo sino e aguardando a formação das filas pelas crianças.

Somente Aurora, Pedro e a irmã dele não entraram na fila. Permaneceram perto das mesas, porém desinteressados pelo que era servido.

– O que aconteceu aqui? – perguntou a fada.

– Você demonstrou seus poderes mágicos para a turma – respondeu Pedro, ajeitando seu gorro enfeitado com uma enorme pena de ponta levemente torcida.

– Eu sei que não foi isso. E você também sabe.

– Cada um confirmou os pensamentos que foram lidos por você, Aurora.

– Tudo o que eu disse foi improvisado. Inventado. Um embuste, como meus cartões de adivinhação.

Pedro deu de ombros.

– Que bom que eu estava aqui para encorajá-la na improvisação – sorriu o garoto, voltando-se para Isabela, sua irmã. – Você quer tomar o mingau antes de partirmos?

A aqueônia disse que sim, então, eles entraram na fila para servirem-se das refeições.

– Depois de muito conversar com minha mãe, eu e ela conseguimos convencer meu pai de tirar Isabela daqui. Mesmo trabalhando com eles no mercado, ficarei responsável por ela durante as férias. Esse lugar parece mais com um presídio do que com uma colônia de férias – disse ele, voltando-se para a fada.

Os dois riram daquela incômoda verdade.

Aurora não se lembrou de se condoer com as duras e inventadas palavras que dissera sobre o pai de Henry. Seus olhos, assim como seus pensamentos, repousaram na maciez da voz de Pedro, na aproximação que tiveram após todo aquele embate com a roda de crianças. Vagamente, contudo, cogitava no porquê de ter dito palavras tão duras.

A família de Pedro possuía uma próspera fazenda a poucos quilômetros da cidade de Bolshoi e era a única família de aqueônios naquela região. Aqueônios verdadeiros, pura raça, como diziam. Todos possuíam a longa cauda característica daquele povo peculiar, olhos chispantes e oblíquos, cabelos negros lisos e uma pele clara. Muitas vezes, tornava-se quase impossível distinguir dois aqueônios do mesmo sexo e idade, de tão parecidos que eram. A família Theodor, em específico, vivia há muitos anos ali e, após a eleição do novo prefeito, dois anos e meio atrás, percebiam que a situação financeira dos cidadãos só piorava.

Jasper sempre culpava a política praticada pela rainha Owl, mas Kesler, o pai de Pedro, assim como algumas outras famílias de trabalhadores que possuíam muitos bens, suspeitava de que o dedo inescrupuloso do prefeito via-se metido na geração da miséria e dependência financeira do povo em relação ao governo local.

Talvez tais rumores tivessem levado Aurora a inventar toda a história sobre a amizade de Marconi, pai de Henry, com o prefeito Jasper. Fato era que eles realmente mantinham estreito relacionamento, e Marconi viera para Bolshoi trabalhar como chefe dos cobradores de impostos.

– Ah! – um grito agudo e prolongado chamou a atenção de todos.

– Argh!

– Ruamm!

Vários gemidos, gritos abafados e som de vômito pipocaram aqui e ali na pequena arena do refeitório. Era muito mais que a luta diária das crianças contra o gosto detestável do mingau. Aqui e acolá, todos cuspiam e alguns vomitavam o que tinham comido mais cedo no café da manhã.

Pedro correu até a criança mais próxima que se contorcia com dor de barriga e cheirou o mingau. Ele entendia o suficiente sobre ordenha de vacas, transporte e armazenamento de leite para saber que o mingau estava azedo. Aquele cheiro característico era inigualável.

Então, Henry retirou sua colher do prato e observou em um dos lados uma substância amarelada que a impregnava, semelhante à cor da ferrugem. Ela poderia ter estado ali desde o primeiro momento em que ele pegou o utensílio, mas somente naquele instante do tumulto o garoto parou para notá-la.

Outras crianças, não todas, perceberam também suas colheres aparentemente oxidadas e gritaram. Henry a esticou na direção de Aurora, ao mesmo tempo em que mostrava ânsia de vômito.

A fada sentiu um calafrio percorrer-lhe a espinha, enquanto assistia a uma das crianças cair no chão convulsionando e espumando pela boca. Assim como Pedro, ela percebera que o leite utilizado para fazer o mingau estava azedo ou contaminado com algum tipo de substância nociva.

Para ela, era óbvio que aquilo um dia aconteceria. Lembrou-se do pano de assoar o nariz de Eulália. Aurora tinha certeza de que o vira cair dentro da panela do leite um dia atrás. "Que nojo!" Então, sentiu a dor de cabeça e as dores abdominais retornarem com força total.

Alguma coisa começou a acontecer com Aurora no meio de todo aquele rebuliço. Desta vez, bem mais que dores, em profusão, ela sentiu algo no meio das pernas aquecer e molhar sua virilha. Uma sensação de fraqueza pegou-a desprevenida e sua visão começou a embaçar-se.

– Foi ela! – acusou Henry, apontando a colher na direção da fada, aos berros. – Ela azedou o leite e enferrujou nossos talheres. Ela não é uma fada. Ela é uma bruxa!

Aurora começou a perder os sentidos. Tudo pareceu escurecer.

Antes, porém, tocou seu vestido com ambas as mãos na região entre as pernas e percebeu que elas retornaram molhadas com sangue.

A fim de impedir que a fada caísse com força no chão e machucasse a cabeça, Pedro a segurou pelos braços.

A mancha de sangue nas vestes de Aurora, apavorando o grupo de crianças, evidenciou que uma grande experiência chegara para a garota. Ela tivera sua primeira menstruação.

UM PODER OCULTO

A canção de ninar sumira da cabeça da fada. O constrangimento havia passado, mas as cicatrizes causadas por ele perdurariam por um bom tempo em seu âmago.

A charrete sacolejava de um lado para o outro, fazendo lembrar um barco num mar revolto. De roupas trocadas, Aurora tinha de um lado do assento Virgínia Theodor, mãe de Pedro, que a abraçava, e do outro, Isabela. Vendo-se circundada pelas aqueônias, ela se sentiu confortável, percebendo que não se encontrava mais na colônia de férias.

No banco da frente, Pedro ajudava seu pai a guiar os quatro cavalos rumo à cidade de Bolshoi. Os equinos pareciam fortes o suficiente para puxar a charrete com as cinco pessoas, mais o carrinho cheio de verduras, legumes, frutas e os tambores de leite. Eles seguiam para o mercado central da cidade.

O desmaio da fada após seu sangramento não foi prolongado, mas incômodo. Quando deu por si, já estava entregue aos cuidados dos familiares de Pedro, que solicitaram à coordenadora da colônia de férias permissão para levar a menina de volta para casa. O pedido foi atendido sem reservas. Todas as crianças ficaram com medo de Aurora após o evento daquela manhã. Além disso, não havia em Bolshoi pessoas tão idôneas, transparentes e sérias quanto os Theodors. Não era pelo fato de serem aqueônios, o que já lhes garantia tal fama quanto à integridade, mas também pelo fato de serem os maiores agricultores da região. Tratava-se de uma família relativamente abastada, equilibrada financeiramente numa localidade onde dominava a miséria e a pobreza.

"Aconteceu, afinal", pensava Aurora, aproveitando o aconchego e o calor do abraço de Virgínia. "Não como eu gostaria, em casa, discreta e intimamente, mas como minha mãe previra." A fada sabia que, dali em diante, voltaria a acontecer a cada mês.

– Isso é mais comum do que você pode imaginar no momento – disse a mãe de Pedro, como que lendo os pensamentos da fada. – É um motivo para fazer você mais forte. Que criatura seria capaz de sangrar continuamente e ainda assim sobreviver? Não ocorre o mesmo com os homens nos campos de batalha – e piscou o olho para a menina.

Ouvir aquilo foi realmente confortante e um pouco engraçado.

"Eles são aqueônios. Sabem muito bem escolher as palavras. E as usam com sabedoria e estilo", pensou Aurora, com um brilho carinhoso no olhar, avaliando o chapéu do senhor Kesler. Naquele momento, Aurora não notou que a comparação entre o sangramento menstrual e a sangradura em batalha era apenas uma estratégia retórica que a rode aqueônia usara para confortá-la.

Todos naquela família usavam uma pena no chapéu. A de Pedro se destacava, porque tinha uma torção na ponta. Aurora sabia que a pena era o símbolo do amor deles pela linguística. Certa vez, ouvira isso de sua mãe, que também os admirava muito.

A cauda felpuda de Virgínia curvou-se e roçou o cabelo de Aurora com afeto maternal, o que fez a garota pensar na maldição que repousava sobre sua vida. Afinal, ela era uma fada e não encontrava forma alguma de tornar real seu desejo de, algum dia, constituir uma família como a que a acolhera.

De maneira egoísta e perversa, por um instante, refletiu sobre a possibilidade de ser adotada pelos pais de Pedro.

Huna, mãe de Aurora, era um ser quase angelical, não fosse por sua condição de humana, embora encantada. Contudo, a menina prosseguiu em seu devaneio de pertencer à família aqueônia. Sabia que Virgínia seria tão amável e zelosa quanto sua própria mãe fada e, extraordinariamente, teria os cuidados e proteção de Kesler Theodor. Algo que a fada jamais conhecera. Como seria contar com um pai?

Aurora sempre ouvira falar que o amor paterno por uma filha era algo especial. As filhas recebiam um carinho diferente do oferecido aos meninos. Como poderia ser aquilo? Outra vez, agora naquele momento, ela desejou muito saber.

"Quanta tolice!", pensou em seguida aos devaneios. "Eu amo minha mãe e não a trocaria por nenhuma outra mãe do mundo, mesmo sendo neta daquela bruxa amargurada", lembrou-se, tentando trazer um pouco de razão à sua carência.

Então, a charrete começou a se aproximar dos muros ruinosos que cercavam Bolshoi. As passadas dos cavalos foram perdendo a velocidade, comandadas pelos movimentos das rédeas nas mãos de Pedro. Certa tensão tomou conta dos passageiros aqueônios. Aurora sentiu fisicamente a mudança, devido ao leve aperto que sentiu no abraço de Virgínia.

A fileira compacta de armazéns e vendas na entrada da cidade pôde ser vista de longe através dos buracos na murada.

Mergulhados no despropósito de suas vidas miseráveis, alguns mendigos que ali vagueavam fitaram o carrinho com alimentos puxado pelos cavalos. Eles sabiam que a charrete do agricultor aqueônio estava atrasada para abastecer o mercado. E sabiam também que Kesler Theodor tinha complacência o suficiente para, às vezes, agraciá-los com o único prato de comida que eles poderiam conseguir no dia: rabanetes, cenouras, nabos e outras raízes comestíveis.

Não demorou para que os temores da família Theodor se concretizassem: Almir Corvelho e outros cobradores de impostos já se encontravam na entrada de Bolshoi junto com os guardas da cidade. Eles não aceitavam a ideia de o aqueônio fornecer alimentos gratuitos de sua fazenda para a população carente da cidade. Uma atitude dessa era um insulto ao prefeito Álvaro Jasper.

"Que ele cuide de sua família rabuda. Acolher, proteger e alimentar os pobres é tarefa de quem governa Bolshoi", resmungava Corvelho, sempre que via Kesler e sua trupe.

A frustração no olhar dos mendigos quase revelou para Aurora o nobre ato do pai de Pedro. A menina sentiu a atmosfera tornar-se opressiva e tentou compreender o porquê de pessoas tão generosas e boas sentirem medo daqueles que estavam ali para cumprir a lei.

Então, a garota se lembrou dos conselhos de sua mãe, no que dizia respeito ao tratamento que a menina deveria dar às autoridades e de tantas vezes em que vira Huna mudar seu próprio comportamento diante delas.

Um dos guardas fez sinal para que a carroça parasse. Corvelho aproximou-se com um sorriso nos lábios e saudou Kesler, no que foi correspondido.

– Você está atrasado – disse o cobrador.

– Crianças! Precisei buscar minha menina na colônia de férias – respondeu, indicando com a cabeça para trás.

– Vejo que não buscou somente a sua – ironizou Almir Corvelho.

– Ela é amiga de Isabela e podemos cuidar dela também durante as férias – interveio Virgínia, surpreendendo a todos com sua intromissão na conversa.

– O prefeito orienta que, de preferência, toda criança deve permanecer na escola ou na colônia durante as férias.

– Uma orientação não é o mesmo que uma lei – rebateu Kesler educadamente.

– E por causa disso você vai começar a criar também os filhos dos outros? É isso que acontece com crianças sem pai, quando as mães se tornam ausentes – falou com extrema rudeza o cobrador, abrindo um sorriso para seus companheiros.

– Como ousa...

As palavras de Virgínia foram contidas por um gesto de mão do marido. Aurora permanecia anestesiada demais pelas esquisitices que já vivenciara no começo daquele dia, por isso, ignorou o insulto.

– Não seja desagradável, Corvelho. Deixe-nos passar – disse Kesler.

O cobrador levantou uma das mãos em sinal de bloqueio.

– Como eu disse, você está atrasado. Olhe para esses miseráveis... aguardam o alimento chegar ao mercado para que Jasper os distribua – disse apontando para os mendigos. – Você tem um contrato com a prefeitura. Se quiser mantê-lo, seja pontual.

– Uma hora atrasado não fará qualquer diferença no abastecimento. Aliás, estou nos meus termos, no que diz respeito ao fornecimento de alimentos vindos de minha fazenda. Isso fica entre eu e o prefeito Jasper.

– Agora você está sendo arrogante. Quer desrespeitar minha autoridade?

– Não precisamos disso. Deixe-me passar.

– Você terá que pagar uma taxa pelo atraso.

Aquela resposta pegou Aurora de surpresa, fazendo-a despertar dos pensamentos sobre sua primeira menstruação e sobre a canção de ninar que havia retornado a sua memória. Não era preciso conhecer a fundo as Leis para compreender que uma injustiça logo seria cometida.

Corvelho não tinha qualquer razão. Isso estava claro. Contudo, o desejo inescrupuloso do cobrador de impostos de taxar o agricultor por aquele suposto atraso passava da razoabilidade; era inaceitável, ofensivo.

A fada viu quando Pedro ajeitou seu gorro, alisando a pena que o enfeitava. O garoto ameaçou se levantar para falar com os guardas e cobradores, que agora riam uns para os outros, desdenhando da situação.

– Não faça isso – sussurrou Kesler para seu filho.

"Fazer o quê? O que Pedro pretendia fazer? Ele é apenas um jovem diante de um grupo de homens fortemente armados", ponderou a fada.

Aurora se surpreendeu ao escutar Virgínia aconselhar o marido a deixar o filho prosseguir em seu intento. Dada sua postura resoluta, estava claro que a mulher ignoraria qualquer palavra de repreensão que pudesse receber.

– Não o impeça, Kel.

Aurora se soltou dos braços de Virgínia, acomodando-se mais ereta no banco da charrete. Estava confusa e sabia que um impasse se instaurara entre o pai e a mãe de Pedro. Aquilo era impressionante, pois até aquele momento pareciam possuir tanta harmonia.

A confusão na cabeça de Aurora só existia por causa do constante falatório de Morgana, sua avó: "É melhor que uma fada não tenha marido. Eles reprimem suas esposas, que se submetem a eles como as vacas aos seus fazendeiros. Uma mulher precisa ser livre, ser dona de si".

Para Aurora, aquele tipo de declaração representava mais um rancor invejoso da velha fada do que uma verdade. Representava mais um ponto de vista que um consenso.

Filha de mãe solteira, fato era que a pequena fada apreciava e admirava as crianças que viviam com seus pais e mães sob um mesmo teto. Agora a impetuosidade de Virgínia em sua intervenção no caso com os cobradores de impostos confirmava, para Aurora, o erro em que Morgana se envolvera ao generalizar o relacionamento matrimonial.

Com prudência em seu conselho e sabedoria em sua incisão, a mãe de Pedro repreendeu o marido, insistindo novamente em deixar o filho agir.

– O garoto já está crescido o bastante para saber o que faz. Não traga o sangue dos inocentes dessa cidade sobre nossa vida. Portanto, permita-lhe falar.

Sem olhar para trás, Kesler assentiu para o filho com um aceno.

O que estaria acontecendo? Pedro se levantou. Mas para quê, se nem mesmo as palavras e autoridade de seu pai haviam funcionado? Por que correr aquele risco?

De repente, Aurora percebeu que Virgínia relaxara. Os olhos da mãe de Pedro o fitavam com certo orgulho tão misterioso quanto suas palavras para Kesler.

Pedro voltou a ajeitar o gorro, passou novamente a mão sobre a pena no topo e começou a falar com Corvelho e os guardas.

– Vocês não querem arrumar confusão com meu pai.

Atônitos pelo que escutavam, todos ficaram boquiabertos e paralisados.

Um silêncio medonho se instaurou. Então, Pedro continuou a falar.

— Quando o prefeito Jasper ficar sabendo da cobrança indevida de taxas que fogem do acordo firmado entre a prefeitura de Bolshoi e a fazenda dos aqueônios, as primeiras cabeças a serem cortadas serão as suas — um tom ainda mais enérgico e substancial encorpou-lhe a voz. — Por isso tratem de fazer bem o trabalho de vocês. Deixem-nos passar agora, porque, se estamos realmente atrasados, os armazéns, as padarias, enfim, todo o mercado de alimentos da cidade poderá entrar em colapso com a falta de abastecimento. Somos uma das poucas fazendas que abastecem a cidade com dignidade.

Como que arrebatados por um comando vindo de um general à frente de um exército, Corvelho, os demais cobradores e os guardas dos portões da cidade obedeceram calados. Moveram-se para o lado, dando passagem à charrete com a família de aqueônios.

Virgínia acariciou o cabelo de Aurora. Quando seus olhares se cruzaram, a aqueônia sorriu para a menina com uma bondade que pendia para malícia.

As passadas dos cavalos ganharam força e velocidade. Casebres toscamente construídos foram ultrapassados à medida que galopavam para o centro da cidade. O número de pedintes diminuía, enquanto avançavam em direção ao centro. Menos mendigos podiam ser contados nas sarjetas, que se tornavam calçadas mais bem-cuidadas; um contraste intrigante entre miséria e luxo convivia em Bolshoi. Contudo, a miséria prevalecia ainda assim.

Os guardas e cobradores também foram deixados para trás.

Embora notável no rosto de cada morador de rua e pedinte, para a fada, na humildade do serviço de tecelã que sua mãe e avó desempenhavam, a pobreza era algo distante — pelo menos sua família possuía dignidade e certo respeito. As três conseguiam o suficiente para se manterem. Por outro lado, para o garoto aqueônio, a dor alheia dos menos afortunados se dissipava, tornando algo um pouco mais distante, por causa da riqueza e produtividade das terras que seus pais possuíam.

    Aurora e Pedro não eram insensíveis, talvez precavidos pelos conselhos que recebiam em casa de não arrumarem confusão com as autoridades, talvez distraídos pelo conforto em que viviam e, também, e até certo ponto, dominados por um sentimento de impotência diante da lei e da força armada que imperavam na cidade. Mas não insensíveis. Pelo contrário, ambos se condoíam ao ver tanta pobreza.

    – Dizem que é culpa da rainha. A cada ano que passa, ela coloca um fardo mais pesado sobre todos os trabalhadores de Enigma – resmungou Aurora, criando coragem para desabafar sua dor.

    – Não estamos certos sobre isso, minha querida – respondeu Virgínia, com amor. – Começamos a desconfiar de que essa é apenas a desculpa que nos é dada. As relações de nossa cidade com a capital não têm ocorrido como deveriam.

    Antes que o assunto começasse a render, a fada foi interrompida pelo olhar de Pedro. Havia um acanhamento na postura do garoto, um incômodo evidente, semelhante ao que se sente quando alguém descobre algum segredo que guardamos.

    Aurora invadiu o olhar do garoto com suspeita.

    – Chegamos – avisou o jovem aqueônio. – Vocês descem aqui.

    Ajudada pelo marido, Virgínia desceu da charrete com Aurora e Isabela. Graciosamente, a mulher recolheu a bolsa da fada, colocando-a em seus ombros, e deu as mãos às meninas.

    – Obrigada, senhor Kesler – disse Aurora. – Nos vemos por aí – completou, voltando-se para Pedro, em quem fez despontar um sorriso tímido e elegante.

    Virgínia chamou e a porta da casa de Aurora se abriu enquanto o transporte dos aqueônios seguia para o mercado central.

A MALDIÇÃO DAS FADAS

Era uma casa simples de tijolos largos, que revelava, porém, bom gosto e harmonia. Folhas de samambaias pendiam das janelas superiores. Um muro lateral denunciava um jardim modesto pertencente à habitação. Um aroma agradável de flores inundou a calçada, assim que a porta principal foi aberta.

Uma velha com um chapéu negro apareceu demonstrando estranheza ao ver a figura de Aurora. Era Morgana. Ela não possuía uma pele tão escura como a da neta, mas o formato delicado do nariz denunciava tanto a semelhança entre elas como o fato de que, um dia, tinha havido beleza naquele rosto sulcado e de feições surradas.

– Minha querida, o que você faz por aqui?

Até mesmo Isabela, tão nova, reconheceu certa indelicadeza na entonação da pergunta feita por Morgana, sem antes fazer qualquer cumprimento. Soou fingimento.

Aurora pensou com seus botões que a pergunta real deveria ser: "O que aconteceu com você, fedelha?" e também percebeu que um "bom-dia" teria sido mais assertivo, antes de qualquer coisa.

– Bom dia, Morgana.

Confusa, a velha fada voltou-se para Virgínia, sem qualquer constrangimento por recepcioná-la daquela maneira rude.

– Sua neta não é mais uma criança. Aurora se tornou uma mocinha.

Morgana compreendeu de imediato o que havia ocorrido e abraçou a neta, num ato instintivo. Seus olhos demonstraram certa comoção ao se voltarem para Virgínia e Isabela. Então, ela acariciou o cabelo da menina.

– Aurora nos contou que sua mãe encontra-se em viagem. Ainda assim, decidimos trazê-la para casa. Achamos que vocês duas precisavam comemorar isso juntas.

"Comemorar? Eu ouvi direito?", pensou a jovem fada, incrédula.

Aurora estranhou aquela declaração. Não conseguia entender por que uma coisa daquelas deveria ser comemorada. Algo que lhe traria incômodo mensal, limitaria sua liberdade física, demandaria muitos cuidados de higiene, entre outras coisas de que só a partir de então ela tomaria conhecimento.

– Que maravilha, Aurora! – respondeu Morgana, em tom de duvidosa alegria. – Mas temo que isso possa atrasar meu trabalho para as comemorações do aniversário da cidade – completou, voltando-se para as aqueônias.

Aquilo, definitivamente, não pareceu vir de uma avó recebendo sua neta no dia de sua primeira menstruação. No dia de seu décimo terceiro aniversário. Exceto, é claro, pelo fato de ter vindo de Morgana.

– Você terá que se virar sozinha, meu anjo – completou, acentuando a grosseria direcionada à neta na frente das aqueônias –, principalmente quando eu tiver que me ausentar. Afinal, você acabou de crescer...

– Não queríamos incomodá-la. Apenas achamos conveniente que ela viesse, devido à forma como tudo aconteceu. Ela precisa de carinho neste momento. E, se não se importar, a partir de amanhã, poderemos buscá-la bem cedo, todos os dias, para passar as férias escolares conosco. À tarde a traremos de volta.

Fascinada pelo que acabara de ouvir de Virgínia, Aurora desvencilhou-se do abraço da avó e sorriu.

– Adiantamos todo o serviço na fazenda. Pedro, meu menino mais velho, tomará conta de Isabela para nós, e eu mesma...

Foi a vez de Morgana interromper a mãe de Pedro:

– De forma alguma eu poderia dar-lhe tanto trabalho.

Os olhos de Aurora chisparam. E ela desejou ter aquele poder que vira Pedro usar por duas vezes naquele dia: abrir a boca e fazer as pessoas lhe obedecerem.

– Vó Morgana? – interpelou a menina.

– Por favor, eu sei que a mãe de Aurora está ausente no momento, mas você nos conhece tão bem quanto ela. Desejo muito que aprovasse meu pedido. Podemos cuidar de sua neta durante o dia e você estará livre para desempenhar seu ofício.

Virgínia reforçou a solicitação, após perceber a aflição da pequena fada em relação ao fato de ter que passar aqueles, que deveriam ser prazerosos, dias de férias com a intragável e rude senhora. Morgana sequer as convidou para entrar.

Pensativa, encontrando razões plausíveis para se ver novamente livre da neta, a velha sentenciou por fim:

– Será muito útil que vocês cuidem de nossa pequena Aurora, enquanto sua mãe não chega.

Virgínia e Isabela abriram um sorriso agradecido e esperançoso.

Aurora sentia-se feliz porque não precisaria aturar o mau humor de Morgana, pelo menos durante o dia e, ainda mais, porque teria a oportunidade de se aproximar mais de Pedro. "O lindo garoto aqueônio" que ela tanto admirava.

REBELDIA

No fim da tarde, sozinha, a pequena fada esquentou água no fogão à lenha e preparou o balde para tomar seu banho vespertino naquele estranho e imprevisível dia.

Acionando velozmente os pedais, Morgana não parou um segundo sequer de girar o tear. Precisava fiar e depois acabar de tecer as encomendas. Gostava de dizer que "sem trabalho não há pão", o que para Aurora se traduzia em "não espere de mim atenção".

Era evidente, como Aurora suspeitava, que Morgana carregava uma tristeza profunda dentro de si, capaz de afetar não só seu julgamento como também seu relacionamento com a neta. Com Huna, sua filha, as coisas só não se mostravam tão frias porque a fada sacerdotisa usava de muita sabedoria e experiência de vida para lidar com a personalidade difícil da velha.

A noite chegou serena, diferente da tumultuosa manhã que Aurora vivera. E a menina procurava se distanciar dos percalços ocorridos.

A MALDIÇÃO DAS FADAS

Um vento frio soprava do litoral. Da janela do quarto da fada, no segundo andar da casa, era possível enxergar a porção superior do velho farol no promontório. Ele ficava do outro lado da Baía dos Murmúrios, dentro da cidade fantasma de Matresi, e jorrava luz em direção ao mar, como se nunca tivesse sido abandonado.

Pelo que ela sabia, nenhum aventureiro retornara com vida daquele lugar. Os corpos de alguns apareciam na praia de Bolshoi; a maioria simplesmente desaparecia.

Todos diziam que a luz do farol provinha de um grande tesouro esquecido no topo de sua torre. Fazia sentido, pois, quando as noites eram de lua cheia, o brilho que jorrava da torre era ainda maior sobre as águas. "Se brilha, é valioso", era o ditado, "a opacidade está diretamente ligada à pobreza de valor".

E aquela era uma noite de lua cheia, portanto, um enorme caminho luminoso estendia-se na superfície do oceano.

– Como está se sentindo, minha querida? – perguntou Morgana, adentrando o quarto da menina e interrompendo seus pensamentos.

– Estranha. Com essa coisa no meio de minhas pernas.

– Você não deve tirar a chita. Pelo menos não nos próximos três dias ou enquanto durar o sangramento. Apenas troque-a, quando estiver encharcada – recomendou Morgana, com uma suavidade e doçura duvidosa em sua voz roufenha.

– Todas as mulheres precisam passar por isso?

– As mulheres aqueônias colocam pequenos chumaços de algodão lá dentro para evitar que o sangue venha para fora. Anãs aríetes[2] costumam

---

[2] Anões aríetes: amigos do Povo Gigante, possuem certa destreza atlética. Trabalham em aberturas de eventos, sendo arremessados ao ar como bala de canhão. Muitos se tornam bobos da corte. (N.A.)

usar rolinhos de grama, enquanto as aladas, rolinhos de papel ou papiro. Nós usamos toalhas de chita. O tecido de algodão é mais confortável.

Aurora lançou novamente o olhar para fora da janela entreaberta e balbuciou alguma coisa incompreensível.

– É o que nos faz diferentes, o que nos faz mais fortes que os homens – sentenciou Morgana.

Embora tivesse sido o mesmo argumento usado por Virgínia durante o trajeto na charrete, aquelas palavras agora vinham cheias de intenções contrárias.

– Eu não creio que sejamos mais fortes do que eles por causa disso. Diferentes sim!

Mesmo mostrando-se uma garota cheia de inseguranças em público, especialmente no convívio com os colegas da escola, Aurora costumava demonstrar ousadia com seus familiares. E era justamente essa intrepidez que a avó abominava na neta, embora conhecesse a garota muito melhor do que ela poderia supor.

– Você sabe qual é o fundamento da existência?

Aurora encarou Morgana com certo interesse e deixou-a continuar.

– Sejam boas ou más, todas as nossas ações nascem de nossos medos. Nossas motivações são movidas por nossas inseguranças, Aurora. E a maior insegurança que possuímos é a certeza de que vamos morrer. A morte é semelhante a uma pessoa que caminha sobre a terra de encontro marcado com cada ser vivente. Não podemos intervir em seus planos. Não podemos burlá-los. Todos os homens morrerão, independentemente de qualquer maldição.

A menina nada respondeu à avó.

– Nós fomos muito humilhadas no passado, você conhece a história. Fomos subjugadas. Não deixaremos que isso aconteça novamente – concluiu a velha, mantendo a serenidade e lançando um olhar melancólico em direção ao Farol de Brón. – É por isso que me preocupo com suas atitudes contrárias à nossa tradição, adorável menina. Mas chegará o tempo em que você entenderá. Inevitavelmente, quando a perda chegar ao seu coração.

Após perceber a súbita brandura que Morgana demonstrava no falar, a pequena fada decidiu que não deveria se expor. Ela acreditava que as intenções da avó eram duvidosas e incertas.

Então, Aurora recordou-se da firmeza e coragem manifestadas por Virgínia, quando precisaram enfrentar Corvelho na entrada da cidade. Ao contrário do que Morgana costumava dizer sobre as mulheres casadas e os homens, Kesler não humilhou a esposa, até concordou em deixar Pedro tomar a frente no embate e... – como Aurora poderia dizer aquilo? – convencer não seria bem a palavra adequada. O garoto simplesmente falou e aqueles homens brutos obedeceram a ele.

Incapaz de desvendar tal mistério, a fada voltou a encarar a avó.

Com falsa ternura no olhar, o que não era estranho para Aurora, a velha levantou-se, enrolou o manto sobre o corpo e deixou o quarto dizendo:

– Tenho uma coisa para você.

Poucos minutos se passaram até que Morgana retornasse ao quarto.

Com delicadeza, a velha fada sentou-se novamente próximo à neta e abriu as mãos expondo um lindo cordão com um pingente. Seu fino fio era constituído por várias argolas minúsculas, de ouro, e o pingente era do formato de um coração. Um lindo coração arredondado e brilhante.

– Meus parabéns, Aurora. Ao que tudo indica, Huna sabia que aconteceria antes de ela retornar e veja que acabou coincidindo com o dia do seu aniversário. Ela me instruiu a dar-lhe este cordão de presente.

Surpresa e encantada por tamanha graciosidade e beleza, Aurora sorriu emocionada.

– Ele é lindo! – exclamou, tomando-o nas mãos.

A menina soltou uma gargalhada e manteve o sorriso nos lábios enquanto o colocava ao redor do pescoço, passando-o por cima da cabeça.

– É a herança que Lilibeth nos deixou – explicou a velha, com o olhar toldando-se. – Sua mãe foi a escolhida para possuí-lo, e agora você.

– Oh! – Aurora exclamou, ainda mais maravilhada – Lilibeth?

– Você sabe o que isso significa, não é?

A pequena fada assentiu.

– A qualquer momento, assim como a menarca, a Visão das fadas chegará para você, minha querida. Esse é apenas o começo de sua Iniciação. Precisamos preservar a tradição.

O coração da menina pulsou mais forte ao escutar aquilo.

A Visão das fadas era o primeiro poder mágico que elas adquiriam. Para muitas, o único. Não importava. Aquele dom profético já era o suficiente para Aurora se considerar verdadeiramente uma fada.

Todas as encantadas descendiam da região de Norm, ao norte do Reino de Enigma. Aquelas que se dedicavam de todo o coração à tradição criada a partir da morte de Lilibeth levavam a chance de se tornarem sacerdotisas, isso caso encontrassem um unicórnio, como foi o caso de Huna.

– Esse é apenas o primeiro passo para que você, um dia, seja como sua mãe. Não fique se preocupando com romances infundados. Somos fadas.

A menina fitou curiosa sua avó. Como sempre as insinuações voltaram a ocupar as palavras da velha, que ainda tentava manter a atitude doce com que abordara a neta.

– Minha Visão me diz que você está começando a se apaixonar por um garoto. Você sabe que não é permitido a uma sacerdotisa casar-se. Não é aconselhável a nenhuma fada se apaixonar.

Os olhos negros da menina declinaram.

– E isso não é algo ruim – completou Morgana, espezinhando a neta com o assunto, como ondas batendo no rochedo da Baía dos Murmúrios.

– A senhora sabe que quero, um dia, poder celebrar uma aliança matrimonial, ter filhos, passar o resto da minha vida ao lado de um homem e amá-lo muito.

– E se escravizar...

– Não é porque pertencemos ao povo encantado que sabemos melhor sobre o matrimônio do que as outras mulheres. Talvez muitas de nós pensem assim por causa da maldição.

– Ignorar a maldição é desprezar o conhecimento das fadas, Aurora.

– Já somos amaldiçoadas de qualquer maneira – declarou com ímpeto a menina.

– Elas desperdiçam suas vidas cuidando dos afazeres do lar, gastam seu tempo cuidando dos filhos, mesmo quando estes já não são pequenos, e submetem-se às provisões dos homens. Não queira ser uma mulher igual a elas.

– Nós passamos nossas vidas fiando, tecendo, arrumando ervas e poções curativas para aqueles que nos procuram. Não me parece haver tanta diferença, a não ser pelo fato de que terminamos nossas vidas solitárias. Eu quero pertencer a alguém e sentir que esse alguém também pertence a mim. Quero viver um grande romance...

– Nós pertencemos apenas aos deuses.

– Que se danem os deuses. Eu quero pertencer a um homem que me ame.

Escandalizada, Morgana levou a mão à boca.

– Falando dessa maneira, você blasfema, Aurora. Precisamos ser gratas aos deuses de nossos ancestrais. Cale-se!

A pequena fada não suportava ficar sentada, com falsa tranquilidade e obediência, ouvindo em silêncio o que considerava tolices. Pelo menos sua mãe a escutava e a deixava falar o que sentia, mesmo se não concordasse.

– Não me parece que você saiba o que é ser amada por um homem mais do que as mulheres não encantadas. Talvez alguém tenha magoado tanto seu coração, que ele se tornou incapaz de compreender e aceitar a necessidade de um verdadeiro amor.

Um tapa inesperado acertou a face direita da menina. Certamente, aquele era o verdadeiro presente de aniversário de Morgana para ela.

Com força, Aurora apertou o pingente nas mãos e manteve-se com a cabeça baixa, enquanto lágrimas escorriam de seus olhos.

– Você finge não compreender, mas eu sei que você tem conhecimento de tudo. Se você corresponder ao amor que um homem dedicar a você, em poucas horas, ou no máximo, alguns dias, ele morrerá. Então, você desejará nunca ter sido amada. Qualquer um por quem se apaixonar vai morrer por causa dessa paixão, caso você venha a se declarar para ele ou a corresponder ao seu amor. Você sabe de tudo isso e está grandinha o suficiente para insistir nesses tolos romances juvenis. Não será com teimosia que conseguirá mudar o destino de uma fada. Não insista, querida.

Sutileza e amabilidade voltaram a dar contorno à voz de Morgana nas sua derradeiras palavras. As variações repentinas em seu caráter eram conhecidas por Aurora que, sabiamente, decidiu se calar e esperar que a avó se retirasse do quarto.

Com o choro embargado e a face ainda molhada, a pequena fada correu até sua cômoda de livros e pegou seu diário. Havia muitas coisas para registrar nele. Boas e ruins. E talvez lhe fizesse bem, escrever.

Huna sempre lhe dizia que a escrita era uma forma de traduzir a realidade. Um tipo de terapia em que as necessidades não satisfeitas no mundo real poderiam ser alcançadas por meio do imaginário, utilizando-se tinta e papel. E que por isso tantas pessoas temiam uma folha em branco.

"Funcionou com Lilibeth, não?", pensou.

Emocionada, Aurora correu o dedo pelas páginas do caderno à procura de uma folha em branco, hesitou ao encontrar, no diário, o trecho que narrava a história da maldição que recaíra sobre toda sua ascendência. Estavam escritas por seu próprio punho as palavras encontradas no *Livro de Magia das Fadas,* herdado por sua mãe.

Ela contemplou por um tempo as linhas que contavam aquela história triste e por ela tão conhecida. Terminava com a canção de ninar cantada pela mãe. E, pela primeira vez em sua vida, um sentimento a dominou em relação à música.

"Se essa rua, se essa rua fosse minha,
Eu mandava, eu mandava ladrilhar.
Com pedrinhas, com pedrinhas de brilhantes
Para o meu, para o meu amor passar."

– Isso é um enigma – sussurrou, sobressaltada. – A letra da canção é um enigma.

Um brilho se acendeu nos olhos negros da fada.

– Todo feitiço tem prazo de validade, não é? Não existe maldição que dure para sempre.

Ela moveu os lábios sussurrando, enquanto refletia em silêncio sobre os versos.

Não era mistério para fada alguma que a maldição sobre elas terminaria quando o Objeto de Poder de seu povo fosse encontrado. Contudo, tal profecia nunca falara tão forte ao coração da menina como naquela noite.

De onde lhe viera a ideia sobre a existência de um enigma na letra da canção? Seria um prenúncio de seu dom de visão? Fazia sentido, se ele a estivesse alcançando agora. Os acontecimentos daquele dia eram propícios e favoráveis por terem sido insólitos.

Uma dúvida assaltou seus pensamentos mais firmes. Também existia a possibilidade de ser coisa de sua cabeça atormentada, de algum louco desejo por novidade, sair da rotina, largar aquela vida monótona em Bolshoi. Descobrir qualquer coisa nova equivalia a contar com algo para se distrair e esquecer aqueles dias chatos de verão.

Quanta loucura para um único dia. O dia de seu aniversário. Um, como nenhum outro; a partir de então, nada seria como antes.

"Alguns dias são cinzentos e chuvosos, outros são feitos de glória e maravilha. Há ainda aqueles em que miséria e glória, cinzas e maravilhas se encontram e nos deixam perdidas", escreveu.

Aurora pensou em Pedro. Sua mente repousou na oportunidade de reencontrá-lo e passar parte do dia seguinte com ele. Então, fechou seu diário, protelando escrever mais e decidida a economizar a cera da vela que declinava seu ardor sobre a mesa de cabeceira ao lado da cama.

Esperançosa, a fada deteve-se apenas em observar a gigantesca bola prateada no céu, antes de fechar a janela. "Como a lua cheia é inspiradora. Faz-nos acreditar que um pedido feito seja capaz de se realizar", pensou. Então, ajeitou a camisola nos ombros e dentro de poucos minutos já estava sonhando, mas não sem antes ouvir uma voz sussurrar novamente em seus ouvidos: "a canção é um enigma".

A PENA E A LANÇA

Amanhã do dia seguinte chegou para Aurora com notícias tão avassaladoras como os acontecimentos do dia anterior.

– Um corpo foi encontrado nas rochas do Porto da Serpente – ouvia-se dizer por todos os cantos de Bolshoi. – Ele boiava de bruços e foi trazido do Farol de Brón pela corrente marítima da Baía dos Murmúrios.

– Outro aventureiro saqueador?

– Foi o preço por sua ganância em querer roubar os tesouros de Matresi.

– Conseguiram identificar o corpo?

– Um indigente.

O leite e o biscoito de polvilho do café da manhã embrulhavam o estômago de Aurora, enquanto ela caminhava de mãos dadas com Virgínia até o mercado central. A chita entre suas pernas ainda incomodava, mas Morgana afirmara que dentro de poucas horas a pequena fada já nem se lembraria de que o tecido estava lá.

No mercado, o que se ouvia eram notícias terríveis, mas não raras. Durante anos, a população vivera à sombra dos segredos e terrores sobre a cidade fantasma. Agora, a situação era diferente. O povo, vivendo à míngua, sofria com a falta de artigos básicos e grande parte precisava se humilhar diariamente em frente à prefeitura para conseguir um simples prato de comida. Havia segredos e terrores muito mais próximos do povo – isso tornava a realidade definitivamente cruel.

Revoltados com o assistencialismo precário que os submetia a situação de dependência vexatória, muitos encontravam coragem para atravessar a Baía dos Murmúrios, a fim de enfrentar os terrores da cidade peninsular, abandonada e em ruínas, do outro lado do mar.

Podia-se morrer, tentando encontrar os tesouros do Farol de Brón em Matresi, ou de inanição em Bolshoi. Ninguém alcançara sucesso, porém muitos cidadãos começavam a sentir esperança de sobrevivência em velejar até a outra margem, de tão difícil que se tornava a vida na cidade onde residiam.

Carinhosamente, Virgínia desvencilhou-se de Aurora e a orientou:

– Preciso acertar um negócio com Rodolfo na marcenaria. Você pode esperar por aqui. Oh, veja! Lá estão Pedro e Isabela.

A fada voltou o olhar para o outro lado da rua e avistou os aqueônios. A movimentação de pessoas ainda não chegara a seu ápice. Pedro parou por um momento o descarregamento de caixas e acenou com um sorriso nos lábios, o que foi definitivamente balsâmico para a fada.

Isabela ajudava como podia o irmão na tarefa com as caixas de hortaliças, tubérculos e ovos.

– Você não precisa fazer esforço algum, mas se quiser se divertir com Pedro e Isabela, terá que esperar terminarem o serviço. Primeiro a obrigação, depois a diversão – riu a mãe dos meninos.

Resolvida e bem disposta, Aurora atravessou a rua e encontrou-se com eles.

– Bom dia, Aurora – disseram os aqueônios, abanando suas caudas.

– Bom dia.

Sem esperar pedido, a fada começou a ajudar o garoto a descer as caixas da carroça. Ele as empilhava em paletes na entrada do setor de armazenagem do mercado da cidade.

– Então, você veio! – exclamou Isabela, ansiosa com o fato de que passariam os próximos dias junto à fada.

– Qualquer coisa é melhor do que a prisão daquele acampamento – disse Pedro.

– A verdade é que vocês salvaram as minhas férias.

O aqueônio parou o que estava fazendo e riu um pouco com as meninas.

– Oh! Como é lindo seu colar! – Isabela notou o cordão de Aurora.

A fada levantou o pingente em forma de coração, exibindo-o como um prêmio.

– Obrigada. Eu o ganhei de aniversário. Ontem.

Pedro estancou novamente.

– Ontem foi seu aniversário? perguntou o garoto, visivelmente frustrado – Meus parabéns, Aurora. Você devia ter-nos dito.

– Parabéns, Aurora.

– Poderíamos ter lhe dado um presente – lamentou Pedro.

– Vocês me deram. O melhor presente que recebi em toda minha vida. Olhem onde me encontro hoje.

Isabela analisou os olhares do casal a sua frente. Por um instante, sentiu-se invisível, como se seu irmão e a fada não a notassem. No fundo, Isabela já sabia que Pedro estava caidinho por Aurora. Meses atrás ele mencionara à irmã que havia notado a garota na escola e que a beleza de Aurora o atraía.

"Não é assim que começa o relacionamento entre um garoto e uma garota? Eles utilizam as desculpas mais tolas para se aproximarem um do outro até que, por fim, eles se tornam tolos", lembrou-se de ter pensado naquele dia.

Um minuto de silêncio seguiu-se aos cumprimentos, à exibição do pingente e aos olhares afetuosos.

Aurora não queria atrapalhar o andamento do serviço de Pedro. As palavras de Virgínia permaneciam frescas em sua memória: "primeiro a obrigação, depois a diversão"; além disso, tinha consciência da importância do trabalho que o garoto executava para sua família.

"Como se houvesse algum motivo velado do destino, aqueônios e fada foram reunidos naqueles dias de verão." Aurora teve esse pensamento, como se a Visão outra vez quisesse lhe dizer algo, tentando se manifestar. Seria possível? Afinal de contas, como saber se algo é o que supomos ser, se ainda não o conhecemos?

Sentindo-se um tanto constrangida pela quietude que dominou o ambiente por um longo tempo, a fada se pronunciou sobre o primeiro assunto que veio à sua mente.

– Acho que já sabem do ocorrido na baía.

Pedro lançou um olhar de indignação para a irmã, como se aquele assunto já tivesse sido exaustivamente debatido entre eles.

– É o que se comenta por todos os cantos – completou o garoto abanando a cauda. Então, retornou a executar sua tarefa.

– Os mendigos não encontram outra saída – lamentou Isabela, sem rodeios.

– Muitos comerciantes estão indo à falência em Bolshoi. A política de Jasper não ajuda aqueles que tentam se erguer sozinhos e desenvolver seus próprios negócios. Não é uma questão de ambição. Os pobres não veem outra saída a não ser procurar os tesouros perdidos dos valeses, mesmo que tudo não passe de uma lenda.

Apesar da pouca idade, Pedro e Isabela não ficavam alheios ao cenário político onde viviam inseridos. Eles percebiam que o sistema de controle financeiro instituído pelo prefeito era injusto e devastador, embora sempre declarado como sendo para o bem comum, para o povo, para os trabalhadores. Na prática, as coisas apenas pioravam.

– O que dá mais indignação é o fato de saber que a rainha Owl vive num palácio suntuoso, cercada de criados e vestindo-se com seda e outros tecidos caros, enquanto permite que a miséria se espalhe pelo reino – desabafou a fada.

Instantaneamente, Aurora percebeu quando os irmãos a encararam como se ela tivesse falado uma tremenda asneira.

– Seria injusto culparmos as riquezas de uma pessoa pela miséria de outra. Elas não estão necessariamente interligadas, Aurora.

– Essa é a versão da história em que eles desejam que acreditemos, Aurora – interrompeu Pedro. – Querem nos fazer acreditar que para uma pessoa ser bem-sucedida outra precisa se dar mal, que a prosperidade de um mercador só pode ser alcançada gerando a pobreza de outros.

– Eles nunca levam em consideração os esforços, os sacrifícios e batalhas que uma pessoa enfrenta para obter uma situação favorável, para construir algo, e os estragos que a corrupção faz.

– Olhe para nossa cidade. O fruto do nosso trabalho não está indo para a capital, mas para a prefeitura. É o prefeito que vive suntuosamente no alto da colina, num castelo bem guardado e abastecido. Você não enxerga isso, porque Jasper consegue mascarar tudo muito bem. Eu acredito que a culpa de toda miséria e pobreza de nossa cidade é oriunda dele, e apenas dele, Aurora.

A fada se sentiu constrangida ao ouvir o que Pedro e Isabela falavam. Lembrou-se de ter escutado algo semelhante, enquanto esteve na carroça dos aqueônios no dia anterior. Eles pareciam convictos daquela ideia. Não estava nos planos dela discutir com eles, porque ela começava a se convencer do que ouvia.

– Nosso pai fez uma viagem para Corema no último outono. Mercadores da capital desconheciam a maior parte das tributações que ele revelou existir em Bolshoi – comentou mansamente Isabela.

– O prefeito está fazendo suas próprias leis e impondo-as ao povo. Bolshoi tem se tornado uma região isolada e independente em Enigma – completou Pedro.

Aurora não tinha argumentos para discutir.

O silêncio reinou por mais alguns segundos. A informação estava sendo processada pela fada.

– Vocês estão dizendo que ele não está trabalhando para a rainha. Por que, então, vocês não fizeram alguma coisa a respeito? Quero dizer, seu pai mantém uma boa relação com o prefeito Jasper e poderia averiguar isso. Por outro lado, também tem condições financeiras para viajar até Corema e denunciar tais suspeitas.

– Não é dessa forma que as coisas funcionam, Aurora.

– Que eu saiba, vocês são a família mais abastada da região.

Nesse momento, a lembrança do poder oculto que Pedro possuía para convencer as pessoas quando bem entendesse passou pela mente da fada, porém ela sequer cogitou tocar no assunto. Não falaria sobre aquilo. Não por enquanto, não na frente de Isabela ou qualquer outra pessoa.

– Já ouvimos muitas histórias de cabeças que foram cortadas por causa da insubmissão à política de Jasper. Muitas mortes suspeitas ocorreram e eu acredito que foram de pessoas que tentaram expor as mentiras do prefeito – explicou Isabela.

– Ele nos deixa em paz e isso é suficiente para não perdermos nossas terras e mantermos as cabeças sobre nossos pescoços – reforçou Pedro, embora demonstrando não concordar totalmente com o que acabara de dizer.

De fato, faltava certo senso de justiça na história contada por Pedro e Isabela. Suas palavras explicavam o porquê de não serem a voz dos oprimidos de Bolshoi, mas a linguagem não verbal deles dizia que algo poderia ser feito em relação àquilo. Aurora desconfiou de que era reflexo do mesmo impasse encontrado por ela no relacionamento entre senhor Kesler e Virgínia, no que dizia respeito ao poder do filho deles.

Nesse instante, o serviço de descarregamento foi finalizado. O aqueônio sinalizou para alguns trabalhadores do mercado e depois puxou a carroça para outro ponto distante do setor de armazenamento, onde a estacionou.

– Alguma vez você viu a população fazer algo para mudar a situação, Aurora?

– Mas nós somos a população. Se tudo o que vocês estão dizendo é verdade, seríamos nós os responsáveis por fazer alguma coisa, concordam? Senão, estaríamos como todo mundo, esperando uma iniciativa do outro. Dessa maneira, nada nunca será feito.

– Talvez seja o destino que o povo dessa cidade escolheu para si, não acha?

– O que acabei de dizer é exatamente isso, Isabela. Não é o destino do povo desta cidade, é o NOSSO destino. Também vivemos aqui. Se o prefeito rouba todos nós, vamos esperar a atrocidade e a calamidade baterem à nossa porta para tomarmos uma atitude? Talvez quando isso acontecer será tarde demais, pois poderá não existir pessoa que possa vir em nosso socorro.

Isabela fechou a cara, preocupada com os rumos que a conversa tomaria, com a impetuosidade repentina de Aurora, com os riscos que eles corriam se fossem pegos falando daquela maneira, sobre aquele assunto específico. Pedro calou-se.

– Desculpe-me. Eu não deveria falar assim. É que, de repente, me revoltei com a possibilidade de tudo isso ser verdade, de estarmos sendo roubados pelo prefeito em quem confiamos. – Os olhos de Aurora perscrutaram o ambiente ao redor, as pessoas com um semblante sofrido, indo e vindo nas ruas paralelas ao mercado, as crianças malvestidas brincando na fonte seca da praça. – O que é bem possível, analisando em retrospecto – falou como quem conversa consigo próprio. – Ele insiste tanto em culpar o governo da rainha Owl... Minha avó pode ser uma megera, mas, às vezes, ela fala verdades muito profundas. Foi ela quem disse certa vez que ideias fixas e repetitivas podem muito bem esconder intenções maléficas. – Aurora ficou absorta, com o olhar fixo no nada, como que fazendo uma ligação entre as falas de Morgana e a convicção com que o prefeito tentava culpar a rainha pela miséria de sua cidade.

– Falando com esse ímpeto, você ficou parecendo a mamãe.

– Ela manifesta esse mesmo tipo de revolta, quando conversamos em casa sobre esse assunto – acrescentou a irmã de Pedro.

Ouvir aquilo desencadeou um sentimento agradável no coração de Aurora. A menina passou a admirar ainda mais a mãe de seus novos amigos.

Dessa vez, ao invés de se imaginar como filha adotiva de Kesler e Virgínia, a fada se imaginou, um dia, sendo uma esposa amada e com filhos maravilhosos, como os irmãos aqueônios.

"Talvez isso signifique um começo para a mudança", pensou Aurora. "Para a mudança da minha vida. Pensar, falar e me revoltar como Virgínia Theodor."

– Deveríamos estar planejando algo divertido para fazermos antes do almoço, não acham? – perguntou a fada, mudando a conversa.

Aurora percebeu a intimidade rápida que brotara no relacionamento dela com Pedro e Isabela, pois não se sentia insegura na companhia deles, como acontecia na maioria das vezes junto com outros colegas da escola.

– Venham! – chamou Pedro.

Bem-dispostos, porém em silêncio, eles caminharam até o Velho Castelo no promontório sul da baía, onde atualmente funcionava a prefeitura. As ruas estavam vazias e o vento fresco, vindo do mar, ainda impedia que o suor escorresse de seus rostos após aquele percurso em aclive.

Ao redor da antiga e imponente construção, havia uma enorme área com árvores frondosas bem-cuidadas – era o símbolo do contraste entre a riqueza do governo de Bolshoi e a miséria de sua população.

Guardas faziam ronda de um canto ao outro. Pedintes e pobres eram impedidos de se aproximarem do local a qualquer hora do dia. Os oficiais que faziam a ronda sempre tinham uma boa desculpa para expulsá-los de lá.

Como ocorre com as crianças em qualquer cidade pequena, todos no lugar conheciam os irmãos aqueônios e a fada, as famílias deles possuíam boa reputação. Os seguranças particulares do prefeito não se incomodaram com a presença deles na praça, sobre o rochedo, pois não representavam qualquer tipo de "ameaça" e sempre eram bem-vestidos.

– Foram poucas as vezes em que estive neste lugar – revelou a fada. – Como é linda a vista da baía, deste ponto da cidade!

O sol, ainda próximo do horizonte líquido do oceano, refletia seus raios preguiçosos formando um espelho de prata retilíneo até o mirante, onde eles se encontravam.

– Tudo parece tão maravilhoso e acalentador – encantou-se a fada.

– Os guardas não permitem que mendigos venham aqui. Dizem que eles perturbam a ordem, realizam protestos infundados e reivindicações que deveriam ser dirigidas à rainha e não ao prefeito – recordou-se Pedro.

– O acesso a este local deveria ser livre a todos os cidadãos – lamentou Aurora, começando a indignar-se novamente. – É uma área pública. Se falta comida para os pobres, pelo menos deveriam deixá-los desfrutar de uma paisagem como essa para se esquecerem das agruras da vida por um instante.

– Jasper é um mentiroso e sabe como enganar as pessoas, utilizando sua autoridade, sua influência e sua falsa compaixão.

Isabela afastou-se, entretida com o voo de borboletas que fugiam de sua presença. Começou a persegui-las, como sempre fazia quando seu irmão a levava até aquele lugar. A menina estendia sua cauda para frente, formando um rígido poleiro para os insetos e ria com a reação deles.

Pedro gostou de ter ficado a sós com Aurora naquele instante. Há tempos, ele observava a fada na escola e aprendera a gostar de suas atitudes, de seus modos e de sua beleza solitária.

– Então, você é do tipo que gosta de política – disse a fada.

O aqueônio sorriu, levantando a cauda.

– Eu apenas me sinto mal quando vejo uma injustiça. Mas acho que esse assunto já rendeu por hoje. Voltamos a ele sem perceber.

– É difícil não remoer esse assunto, morando em Bolshoi.

Os dois olharam para frente, contemplando o movimento hipnótico das ondas e o brilho tênue do sol sobre o mar. A brisa soprou leve

balançando a franja de Aurora. Em seguida a menina sentiu algo roçar-
-lhe a testa.

Utilizando a cauda, com um cuidado respeitoso, Pedro Theodor ajeitou o cabelo da fada. Eles riram novamente e olharam para Isabela, que brincava com as borboletas.

O coração de Aurora aquiesceu. Pedro era um verdadeiro cavalheiro.

– Muito obrigada pelo que fez por mim ontem na colônia de férias.

O agradecimento de Aurora colocou de vez uma pedra sobre o assunto que os envolvera até aquele momento.

– Não foi nada. Quem poderia suportar aquela pirralhada? Ninguém merece ficar rodeado de pessoas curiosas e xeretas – disse Pedro, referindo-se às crianças que cercaram Aurora na manhã do dia anterior.

– Como você fez aquilo na colônia?

A pergunta da fada foi tão inesperada para o aqueônio quanto o movimento da cauda dele arrumando o cabelo dela. Aurora percebeu que chegara o momento para questioná-lo sobre aqueles estranhos e ilógicos feitos do dia anterior.

– Se você me disser que tudo não passou de coincidência, eu insistirei que não. E se você me disser que estou me intrometendo demais em sua vida, eu não me importo, porque preciso de alguma explicação que me faça entender o que houve. Você sabe do que estou falando, Pedro. O poder que você possui vai muito além de qualquer justificativa que possa me dar. Eu vi o que você foi capaz de fazer. Seja o que for, eu sei que foi o mesmo que usou sobre os cobradores de impostos na entrada da cidade.

Contrário à negação ou mau humor que a fada esperava receber como resposta à sua ousadia, Pedro gargalhou e a encarou com afeto.

– Então, não tenho alternativa. Você é mesmo durona e direta. E, falando dessa maneira, faz, de fato, lembrar minha mãe.

Aquela foi a segunda vez que a fada se sentiu elogiada naquele dia. Seu mundo cinzento e chato se tornava colorido e prazeroso na presença de Pedro. Não se tratava apenas da educação e da gentileza dele. Aurora começava a gerar no coração uma convicção inabalável de que ele também gostava de estar com ela.

Como duas pessoas podem se identificar tão inesperadamente e se gostar tão rapidamente, mesmo se conhecendo há tão pouco tempo? Aurora sabia que era exatamente isso que vinha acontecendo entre ela e Pedro. Uma verdadeira amizade estava nascendo. Ou talvez mais do que isso.

– Nós, aqueônios, somos estudiosos da linguística. Desde pequenos aprendemos os segredos e a arte das palavras, do discurso e da escrita.

– Isso não é novidade em Enigma, mas ainda não explica sua capacidade de convencer as pessoas com poucas palavras, tão rapidamente, e com palavras que sequer são persuasivas – contrapôs a menina, mantendo amabilidade em seu tom de voz.

– Você já ouviu falar sobre os Objetos de Poder?

Os olhos de Aurora cintilaram mais do que quando ela viu Pedro pela manhã descarregando as caixas no mercado.

– Minha mãe, assim como minha avó e outras mães antes delas, tem dedicado a vida à procura do Objeto criado por Lilibeth. O Objeto de Poder do Povo Encantado – resumiu. – Cada povo em Enigma criou o seu, não?

Pedro tirou o gorro e, alisando a pena que o enfeitava, disse de maneira sóbria e circunspecta, sem rodeios:

– Sim. Cada povo tem o seu. Os humanos criaram dois Objetos: os Dados de Euclides e o Cubo de Random. Os gigantes forjaram os Braceletes de Ischa, enquanto os anões alados, o Pergaminho do Mar Morto – após uma pausa reflexiva, continuou. – Não estou certo sobre qual foi o objeto criado pelos anjos, mas sei que as fadas também desenvolveram um. E a única certeza de que posso lhe dar de toda essa história é que esta é a Pena de Emily.

Percebendo fascínio e assombro no semblante da fada, ele reforçou:

– O Objeto de Poder criado pelos aqueônios...

A menina parecia atônita, numa mistura de prazer com espanto, enquanto olhava para a pena na mão de Pedro.

– Há três anos eu a encontrei. Meus pais nunca possuíram o mesmo ponto de vista sobre o que fazer com tal achado. Minha mãe é a favor de que eu use o poder do objeto para transformar positivamente a sociedade em que vivemos. Meu pai tem muito receio. Ele teme por nossas vidas e não sabe até que ponto tal magia pode nos proteger ao começarmos a usá-la em favor dos outros, ao expô-la indiscriminadamente. De qualquer maneira, nos beneficiamos dela. Se não fosse pelo poder da pena, minha família já teria caído na miséria por causa da política injusta de Jasper em Bolshoi.

Aurora mantinha o olhar perdido no horizonte. Pasma, estupefata, deslumbrada.

– Ei! Diga-me alguma coisa, Aurora. Você ainda está aí? – caçoou Pedro, vendo a perplexidade no olhar da amiga.

– Você sequer hesitou em me contar seu segredo. Por quê?

– A pena também me dá um poder inigualável de discernimento. É mais ou menos como saber interpretar corretamente um texto ou as questões nas provas escolares. Você sabia que entender bem uma pergunta significa possuir cinquenta por cento de sua resposta? Com a pena eu consigo fazer uma leitura profunda das pessoas. Dessa forma, ouvindo-a falar, eu sei que posso confiar em você. Eu quero poder confiar em você, Aurora.

A fada ficou sem resposta; um tanto corada e muito feliz.

– É um fardo muito grande ter que carregar alguns segredos e não ter com quem compartilhá-los – finalizou o aqueônio. – Tome! Experimente.

Ainda mais confusa, e agora excitada, Aurora assistiu a Pedro arrancar a pena de seu gorro e passar para a mão dela. O Objeto era enorme, com uma tonalidade marrom escura, brilhante e macia. Levemente torcida na ponta.

– O que você está fazendo? – perguntou a fada, sorrindo para Pedro por causa daquele ato de extrema confiança.

– Veja, você mesma, como é o poder da palavra: pedir e ser imediatamente correspondido, ver seu desejo se realizar logo após ser pronunciado.

Assim como na brincadeira de adivinhação na colônia de férias, Aurora percebeu segurança e humor na postura de Pedro. Talvez ele tivesse se acostumado ao poder do Objeto, por isso falava com toda aquela autoridade e prazer. No entanto, de uma coisa Aurora tinha certeza, ele era um verdadeiro pândego.

– Eu quero muito usá-la, Pedro.

A fada se inclinou, aguardando receber a pena. Contudo, hesitou em seguida.

– Espere. Como posso saber se esse meu querer pertence realmente a mim ou se é você me dominando?

Ele riu.

– Eu jamais seria irresponsável em relação ao Objeto. Você precisa acreditar em mim. Usar o poder da pena sobre você seria como usar poções mágicas para obter o amor de alguém. Com o tempo se tornaria uma desgraça tal encantamento. E, por outro lado, eu sei que não preciso disso para conquistá-la.

A fada aquiesceu ainda mais uma vez e seus olhos cintilaram de amor. Ela compreendeu cada palavra que Pedro dissera, mas sentiu, em seguida, um arrepio ao pensar no fato de o aqueônio estar realmente apaixonado por ela. Se, por um lado, ele não sabia a respeito da maldição, por outro, era ela que tentava não se entregar a ele, confessar que também o amava.

Um guarda se aproximava deles, alheio à conversa que travavam. Pedro indicou com a cabeça, sugerindo que Aurora falasse com a sentinela.

Os lábios da fada tremeram, inseguros sobre o que fazer.

– Peça alguma coisa a ele – insistiu o aqueônio em voz alta, chamando a atenção do segurança e obrigando-a a falar.

– Por favor...

Pedro riu daquelas primeiras palavras de Aurora, pois sabia que não eram necessárias, fosse qual fosse o pedido feito. Deter o poder da palavra ia além das formalidades, embora elas fizessem parte da retórica dos bons discursos.

Segurando com força a pena, um tanto nervosa, Aurora deu uma ordem à sentinela.

– Vá ao mercado da cidade e traga-me três maçãs. Se tiver bananas, traga-me cinco.

Inesperadamente, o guarda se aproximou e perguntou:

– O que você disse, garota?

Então, ela repetiu, em alto e bom som:

– Vá ao mercado da cidade e traga-me três maçãs. Se tiver bananas, traga-me cinco.

– Desculpe-nos. Ela estava falando comigo – interveio Pedro, com urgência.

O guarda se afastou confuso e Aurora ficou constrangida, assistindo ao amigo galhofar.

– Você disse que o guarda cumpriria minhas ordens, Pedro. Que brincadeira foi essa? – perguntou a fada também rindo da condição patética e constrangedora em que fora colocada.

– Pense no que você pediu a ele.

Então, Pedro repetiu as palavras da amiga:

– Vá ao mercado da cidade e traga-me três maçãs. Se tiver bananas, traga-me cinco.

O aqueônio riu novamente.

– Primeiro você pede três maçãs, depois coloca uma condição. Se houvesse bananas no mercado, ele ficaria confuso, indeciso, sem saber se deveria trazer cinco bananas ou cinco maçãs.

Refletindo sobre o que dissera à sentinela e percebendo o erro de formulação que cometera, Aurora não conteve o riso e soltou gargalhadas. Não atentara para aquele detalhe.

– Você pode falar e pedir o que desejar, contudo dê instruções objetivas. Coerência e coesão são essenciais para exercer tal poder – disse, apontando com a cabeça para a pena.

– Ei! – gritou a fada para o mesmo guarda, que agora se afastava.

A cauda de Pedro agitou-se como a de um cão alegre, quando brinca com o dono. O guarda estancou olhando para Aurora.

Isabela, que estava distante, também escutou o grito da menina e olhou impressionada, assustada, por ver a Pena de Emily nas mãos da fada. Ela conhecia muito bem as travessuras que Pedro gostava de protagonizar, mas reconhecia a imprudência daquele espírito estúrdio de seu irmão.

– Abaixe sua lança e coloque-a no chão.

Imediatamente, a ordem da fada foi cumprida pela sentinela.

– Pendure-se nessa árvore e balance de cabeça para baixo.

Em questão de instantes, como um animal adestrado, o guarda se dependurava em um galho e, jogando o corpo no ar, preso pelas pernas, balançava de um lado para o outro, feito criança.

Aurora estava fora de si. Aqueles estavam sendo dias de "primeiras vezes". Ela nunca imaginou o quanto era bom ter poderes de verdade.

Pedro pediu e recebeu novamente a pena para colocá-la em seu gorro. Sem poder conter o riso, ele e Aurora correram para além do local onde se encontrava Isabela, enquanto o guarda ainda se balançava como criança no galho forte da árvore.

– Isso foi mesmo incrível, Pedro!

O aqueônio sorriu. Evitou encarar a irmã, que observava o casal com olhar de desaprovação. As borboletas haviam perdido a graça para a pequena Isabela.

– Foi providencial termos a oportunidade de nos conhecermos melhor – declarou Aurora, deixando o garoto com um olhar sonhador, em transe.

Pedro não conseguia tirar o sorriso da face. Ele estava vivendo seu momento de paixão juvenil. Perdido na presença de Aurora, estava encantado por ela.

Ficaram um bom tempo apreciando a vista do promontório sul da baía. Não eram necessárias palavras para fazê-los permanecer ali, parados e felizes. Quando se está na presença do ser amado, até o silêncio traduz muitos sentimentos inexprimíveis. E o maior deles, Aurora poderia dizer muito bem isto, era segurança.

Ela recordou a conversa que tivera com sua avó, na noite em que ganhara o cordão com o pingente, e raciocinou: "É possível que Morgana esteja certa e que o maior drama da existência se encontre na insegurança que todos nós possuímos, alguns de forma consciente. Afinal, todos nos encontraremos com a morte um dia e, por isso, a tememos. Porém, o que vovó parece não saber é de que um verdadeiro amor anula toda inquietação, preenche o maior vazio que possa estar assolando o coração, apazigua a tormenta e a rebeldia presentes na alma. Quando estamos com a pessoa amada, todo medo se vai. Definitivamente, essa é a prova de que estamos apaixonados por alguém, nos sentimos seguros ao seu lado".

Por um rápido instante, a fada pensou em sua mãe. Havia certo desassossego em Huna, na busca que a sacerdotisa travava para encontrar o Objeto de Poder de seu povo. Pela primeira vez, Aurora foi capaz de entender verdadeiramente a inquietação que sempre percebera na vida de sua mãe, no que dizia respeito ao fato.

"Eu não quero me tornar amarga como minha avó nem inquieta como minha mãe."

A brisa atrapalhou os cabelos de Aurora, mas dessa vez Pedro não os arrumou.

Isabela testemunhou quando dois guardas, confusos, vieram em auxílio do primeiro que acabara de cair do galho. Ela percebeu o risco a que o irmão se expusera ao protagonizar aquela brincadeira juntamente com a fada. Ela também observava, quieta, o casal escondido entre roseiras e caramanchão sustentado por colunas de mármore, no outro canto da praça. Pela primeira vez, ela teve a sensação de que a aproximação entre Pedro e Aurora trazia presságios ruinosos para sua família.

Aurora era uma bela menina. Gentil, inteligente, honesta e agradável. Porém, era uma fada. Isabela teve curiosidade sobre como vivia o povo encantado.

TRAGÉDIA

Para Aurora e Pedro, o primeiro dia juntos foi como uma excursão ao paraíso: divertido, inefável e eterno. Parecia que os dois já se conheciam há anos. O aqueônio se apaixonava cada vez mais. As coisas não eram diferentes para a fada. Ainda que repetisse para si que tudo não passava de "apenas o começo de uma grande amizade", ela mesma não acreditava naquilo.

Isabela convenceu o irmão a levá-la até a biblioteca municipal no período da tarde do segundo dia que passaram juntos com a fada, desta vez passeando pelo mercado central. Pedro não estranhou o pedido da irmã, uma vez que ela gostava muito de ler.

O aqueônio sentou-se a sós com Aurora, em uma mesa da grande sala abarrotada de estantes cheias de volumes grossos de livros. Ali conversaram sobre muitas coisas. Ele contou à fada vários momentos hilários que passou até compreender o funcionamento de seu Objeto de Poder. Aprofundou explicações sobre a posição divergente entre seu pai e sua mãe no que dizia respeito ao uso do poder contido na Pena de Emily. Contou também como fora educado por eles para não se deixar seduzir pelo poder do Objeto.

Kesler e Virgínia Theodor deram instruções valiosas e uma educação invejável a Pedro. O que o garoto não sabia, porém, era que um amor, uma verdadeira paixão, seria capaz de mudar qualquer tipo de comportamento, por mais bem-ensinado e condicionado que fosse.

O aqueônio falava mais do que Aurora, o que para a fada foi perfeito, visto que ela não se sentia bem em expor ao garoto a maldição que pairava sobre sua raça. Como ele reagiria a algo tão cruel? Como poderia ela dizer: "você é lindo e gentil, mas nem em meus mais afortunados sonhos eu poderia um dia me declarar para você. Eu me tornaria sua ruína se fosse correspondida!" – e ao que tudo indicava, ela seria.

Por isso, Aurora se sentiu confortada em somente ouvi-lo contar suas peripécias. Por hora, estar na presença de Pedro e ouvi-lo narrar suas aventuras bastava para a menina.

Na noite daquele dia, no caminho de volta para casa, Isabela estava sonolenta sobre a carroça, tanto que, mal terminara seu banho, adormeceu, caindo dura como uma pedra sobre sua cama aconchegante e macia. Ela e Pedro não trocaram sequer uma palavra desde que saíram da biblioteca.

No entanto, na manhã do dia seguinte, assim que seus pais deixaram-na sozinha com o irmão, durante o descarregamento matutino de carga no mercado, ela se prontificou a contar o que descobrira.

– Você precisa ler isso.

Pedro segurou a folha de papel que lhe fora passada. Como bom aqueônio que era, seus olhos correram a primeira página, lida em poucos segundos. O garoto virou a folha e executou a leitura dinâmica da mesma forma que fizera no verso.

Seu olhar primeiro ficou perdido, depois se fixou no chão da rua por mais tempo que a leitura completa que acabara de fazer. Isabela reescrevera toda a história de Lilibeth, com uma letra minúscula para caber em uma única folha de papel.

– Não foi fácil encontrar isso. Temos que dar graças aos anões alados, por eles se interessarem em narrar a história dos povos de Enigma. De alguma forma, um deles teve acesso a esses fatos sobre as fadas.

O conto das fadas dispensava qualquer adendo, qualquer tipo de explicação. Naquele instante, Pedro soube que seria impossível ter seu amor correspondido por Aurora. Sobre a vida da fada repousava uma maldição. Se um dia ela ousasse declarar a ele seu amor, os dias do aqueônio estariam contados, abreviados pela morte.

Pedro devolveu a folha de papel à irmã, passou a ponta da manga comprida de sua blusa na testa e continuou a executar seu trabalho rotineiro, antes que Aurora chegasse. Não se sabe de onde tirou forças para agir como se nada tivesse acontecido.

Isabela teve a impressão de vê-lo enxugar uma lágrima. Ela podia estar apenas imaginando uma tristeza inexistente, mas percebeu a cauda de seu irmão totalmente enrolada, encolhida – claro sinal de que Pedro estava profundamente triste, desolado. Sendo assim, ela se manteve calada.

A qualquer momento, Aurora chegaria para passar mais um dia com eles.

A aqueônia começou a reler o conto de Lilibeth. Dessa vez sem usar as técnicas de leitura dinâmica estudadas pelos aqueônios, que os orientava a concentrarem-se numa linha imaginária no centro da folha, detendo-se em cada parágrafo, pois eram condicionados a aumentar a extensão horizontal de sua visão periférica e o número de palavras registradas por fixação.

Isabela procurava algum ponto de inconsistência na triste história narrada. Sendo assim, leu outra vez com enorme cautela.

Histórias de amor não deveriam acabar de maneira trágica. Aquela finalizava de modo terrível e lamentável, assombroso.

Apesar de ser mais nova, a aqueônia se sentia responsável pela alegria e felicidade na vida do irmão. Ela precisava fazer algo, encontrar uma solução, pois o deixara devastado. Isabela olhou novamente para a folha. A tragédia estava escrita nela.

> "Há muito tempo, um grupo de guerreiros valeses alcançou a porção norte do continente, aventurando-se em Norm, a mítica Terra do Povo Encantado.
>
> Liderados pelo príncipe Atoc Ecram, o grupo pretendia desmistificar o poder mágico e sobrenatural atribuído aos habitantes daquela região de bosques infindáveis e rigoroso inverno.
>
> O Povo Encantado foi receptivo e muito agradável.
>
> Ao contrário do que esperavam, os guerreiros não enfrentaram resistência nem tiveram dificuldades para se misturarem aos aldeões. Em pouco tempo, então, descobriram que a magia atribuída a Norm se alicerçava no conhecimento das ciências naturais que aquele povo pesquisara e estudara com afinco durante anos.
>
> Enquanto aos valeses era proibido tocar em cadáveres, especialistas normeses estudavam meticulosamente as partes do corpo humano de defuntos e também de animais mortos. O Povo Encantado compreendia, até certo ponto, os mecanismos

da eletricidade proveniente dos raios numa tempestade, fenômeno que para os guerreiros de Atoc significava dura punição dos deuses.

Assim como a matemática, a história, a geografia e a linguística, as ciências naturais comportavam certa parte da magia criadora do universo, que fora dada ao povo de Norm para ser aprendida, guardada e respeitada.

Encantado com a gentileza e hospitalidade daquele povo, Atoc se apaixonou por uma linda garota de olhos azuis e cabelos dourados, Lilibeth, filha de Raguesh, um fantástico mago normês. Seduzido pela harmonia e paz daquele lugar místico, Atoc se casou com Lilibeth.

O guerreiro valês viveu em paz por vários anos ao lado da filha do mago. E o tempo voou como sempre faz quando os dias são felizes e alegres.

Atoc, contudo, era um selvagem, não conseguia assimilar o conhecimento dos normeses, ora impedido por velhas convicções supersticiosas que o assombravam, ora constrangido pela sabedoria e inteligência que sua esposa e todo o povo dela possuíam.

Atormentado, o líder valês convenceu todos os seus guerreiros a retornarem com ele para uma visita a Valânia, sua terra natal. Essa visita, diferentemente do planejado, seria para sempre, e rebaixaria ao profano todo o conhecimento das mulheres normesas levadas pelos guerreiros de Atoc até aquela terra, para elas, estranha.

Ao contrário do que ocorrera em Norm com os valeses, Lilibeth e as irmãs de seu povo foram tratadas como uma ameaça pelas pessoas da cidade de Val.

Grande parte da rixa foi incentivada por Valquíria, condessa e mãe de Atoc, que não aceitou o fato de o filho ter se casado com uma mulher do Povo Encantado. Ela se tornara uma mulher amargurada durante os anos em que estivera casada com um homem rude e opressor. Após a morte do marido, tentava manter domínio sobre as atitudes e decisões de seu filho. Sua amargura se intensificara, porém, pelo distanciamento dele, após a viagem, que durara anos, para o norte de Enigma. Valquíria culpava Lilibeth, a linda e adorável mulher encantada de Norm, sua nora.

Em Val, o sangue menstrual era considerado um veneno, impureza, uma doença. O povo valês não aceitava que a ferrugem em um metal pudesse ser ocasionada por substâncias presentes no ar, a menos que essas substâncias invisíveis fossem chamadas de espíritos ou demônios. O bolor do pão significava o prenúncio de alguma tragédia vindoura, não a proliferação de micro-organismos, como os estudados e catalogados há anos pelo povo de Norm.

Os valeses tinham os olhos selados para a ciência, eram selvagens e terminantemente cabeças-duras. Resistentes a todo tipo de mudança. Inflexíveis como os cedros da Valânia.

Todas as mulheres normesas passaram a sofrer algum tipo de preconceito e discriminação, mas nenhuma delas sofreu tanto quanto a filha de Raguesh.

Dentro de pouco tempo, foram chamadas de bruxas, ninfas ou mesmo de lâmias, porque o povo de Val não aceitava o conhecimento científico que elas possuíam. Elas passaram a ser consideradas um mau agouro, uma profanação, uma obra das trevas.

Tão logo se acomodou em seus aposentos, numa casa tão grande quanto a solidão que habitava em seu peito e a saudade de

A MALDIÇÃO DAS FADAS

sua terra, Lilibeth percebeu que no raciocínio dos homens valeses prevalecia a ideia de subjugar e reprimir qualquer desenvolvimento proveniente do conhecimento feminino. Em Val, as mulheres raramente tinham vez ou oportunidade de opinar.

Durante aquele período inicial de tenso convívio com os concidadãos de seu esposo, Lilibeth sentiu o peso de grilhões amarrarem suas mãos e uma mordaça calar suas palavras e vontades, diferentemente de tudo o que conhecera até então em sua terra natal. Tudo isso aconteceu no mesmo período em que ela descobriu sua gravidez.

Com resignação e com um herdeiro no ventre, a normesa foi, então, transferida para um quarto no último andar do casarão onde morava, de frente para o mar. Era um aposento espaçoso, iluminado e com boa ventilação, dominado, porém, por uma atmosfera de melancolia e descuido. Um papel de parede amarelo revestia toda a superfície vertical do cômodo. As amplas janelas se abriam para o mar, mas possuíam grades, como as de uma prisão.

Atoc não aceitou trocar sua esposa de quarto, sempre dizendo que ali era o melhor lugar para ela passar seu período de gestação. Eles não dormiram juntos desde então.

A aparência de Lilibeth passou à semelhança de uma convalescente. Mesmo feliz com a criança sendo gerada em seu ventre, era impossível restabelecer as forças e o vigor de outrora. Ser trancafiada no alto da torre de sua própria habitação só prejudicaria seu estado de saúde e significaria um risco para a vida do bebê.

Os noves meses que se passaram foram como as tormentas e arrebentação do mar nas rochas abaixo do rochedo onde se situava a enorme casa, e Lilibeth vivia como prisioneira de seu próprio marido. Os dias pareciam não ter fim. Parecia levar uma eternidade a mudança das estações climáticas.

Gulliver, um homem manco, incapacitado para a guerra, que se tornara criado de Atoc, era o único com quem a fada prisioneira mantinha contato diário e constante, à exceção de poucas criadas que se revezavam para atender a suas necessidades estritamente femininas.

Com a chegada do inverno, as janelas permaneceram fechadas durante a maior parte do dia, o que tornava ainda mais severa a solidão e o esquecimento nos quais Lilibeth fora lançada. Foi durante aquelas tardes escuras e tenebrosas que o velho Gulliver se aproximou ainda mais da esposa de seu patrão. O criado se afeiçoou a ela e se compadeceu da miséria existencial em que a jovem vivia no matrimônio.

Os grilhões da inocente e bondosa normesa derreteram a camada de gelo e preconceitos que acorrentavam as portas do coração do pobre aldeão. Gulliver se interessou pelo conhecimento e sabedoria de Lilibeth.

Durante esse período, Atoc sempre a visitava com o médico da cidade de Val. Este lhe recomendava uma dieta saudável, balanceada, e muito repouso, mas Lilibeth sabia que precisava era de liberdade, atenção e amor verdadeiro.

No início, o falso encorajamento proveniente de seu esposo se resumia a frases dóceis como: "Eu estou aqui por você. Agora descanse e alimente-se adequadamente". Ele não era violento nem mesmo rude, contudo, estava conduzindo sua esposa à loucura.

A MALDIÇÃO DAS FADAS

E, como se não bastasse, para atormentá-la ainda mais, havia aquele maldito e velho papel de parede, estendido de fora a fora, como uma enorme pintura de seu futuro vazio e sem esperanças, esvanecido.

Os dias tornaram-se monótonos e entediantes para Lilibeth, tendo como única distração contemplar o oceano a sua frente, da humilhante janela de seu quarto. Sair daquelas dependências era-lhe proibido "por causa de sua saúde", ouvia o marido sempre se justificar. Mas não eram aqueles limites impostos que a faziam definhar?

O inverno passou. Ela continuou a se ver assombrada pela decoração do seu quarto.

E assim, trancafiada, tais meses pareceram-lhe não ter fim. O monótono e gasto papel amarelado da parede, que evocava tristeza, desalento e consternação, ia de fato levando-a à loucura. Porém, ela precisava sobreviver pela criança em seu ventre. Ela a queria. Tornara-se sua única esperança na vida. E um único lampejo de esperança, por menor e mais débil que parecesse, era suficiente para fazer o maltratado coração prosseguir.

Com o tempo, Lilibeth passou a dizer que enxergava uma mulher andando pelas fissuras do papel. Muitas vezes, via uma multidão de mulheres. Todas chorando, gemendo, clamando por socorro de dentro daquelas paredes. Estavam aprisionadas e sempre surgiam à noite como fantasmas. Somente ela as enxergava.

Nenhuma conversa razoável que tentou ter com o marido frutificou. Pelo contrário, assim que a criança nasceu e foi desmamada – uma menina, sexo contrário ao que Atoc esperava que nascesse –, ela se tornou declaradamente uma prisioneira, e Gulliver, seu carcereiro. Lilibeth nunca mais voltaria a ver a filha, Serena. O pai do bebê se apaixonou por ele de maneira zelosa e intensa. Passou a amar Serena como somente um pai é capaz de fazê-lo.

O ciúme de Valquíria contra Lilibeth intensificou-se e não se concretizou apenas na forma de rejeição. Embora acusasse Lilibeth de bruxa, foi Valquíria quem procurou um *goblin* para dar fim à vida da nora. Ela não queria correr o risco de Atoc ter uma recaída e voltar a prestigiar a normesa.

Vê-lo amar outra mulher, ainda que fosse um bebê e mais tarde uma criança, da forma como jamais tinha sido amada por seu falecido marido ou seu próprio filho, aumentava a opressão e o sentimento de rejeição que Valquíria sentia em seus relacionamentos familiares. Por isso, jogar Atoc contra a esposa normesa proporcionava-lhe um sentimento de vitória, controle, poder e satisfação, ainda que maligno e injusto.

O *goblin* ficou surpreso ao saber que uma mulher encantada fora feita prisioneira em Val. Tentando se aproveitar do fato, instigou a mãe do guerreiro valês a executar um plano astuto e horrendo para acabar com a vida miserável de Lilibeth e se apoderar do conhecimento do Povo Encantado.

Então, convencido por sua mãe, Atoc obrigou Lilibeth a materializar em um único objeto todo o conhecimento das ciências naturais do universo estudadas pelo povo de Norm. Para fazê-la cooperar utilizou um ardil: prometeu que, quando tal objeto estivesse finalizado, Lilibeth receberia sua filha novamente em seus braços. Seria, segundo o guerreiro valês, uma troca mais do que justa. Então, ele a deixaria retornar para sua terra, no norte.

A MALDIÇÃO DAS FADAS

No fundo, Lilibeth sabia que seria morta assim que entregasse o Objeto de Poder nas mãos daquele a quem chamava de marido. Atoc não deixaria Serena partir com a mãe. Uma vez nas mãos do guerreiro valês, o objeto lhe daria poder inimaginável e a normesa nunca mais teria a chance de ver a filha novamente.

Lilibeth, porém, jamais se esquecera dos ensinamentos de Raguesh, seu pai, e preservara na memória todo o seu profundo conhecimento sobre o universo e as ciências da natureza. Em suas crenças e convicções, ela sabia que Moudrost, a sabedoria personificada e criadora, era justo e fiel e, quando evocado, escutava as súplicas dos oprimidos. Para Lilibeth a única salvação para seus grilhões encontrava-se em Mou, em quem todo o conhecimento concentrava-se.

Esquecida e aprisionada naquela torre, ela se recordou dos dias felizes que vivera com seu pai e suas irmãs na Terra do Povo Encantado; as canções de verão, as festas invernais e as fogueiras noturnas no outono de lua cheia. Lilibeth não deixaria a malvada sociedade de Val destruir sua força vital, sua brilhante existência, seu poder e o conhecimento que possuía das Leis Antigas da Criação. Entretanto, ela ansiava pelo olhar de sua filha, por seu choro, seu sorriso, pela sua presença, por seu futuro.

Determinada, Lilibeth aceitou a proposta de Atoc e começou a desenvolver o Objeto de Poder solicitado. Porém, fez exigências ao negociar sua liberdade: o poder do objeto só seria liberado quando ela e Serena chegassem a Norm, salvas. Enquanto isso, o objeto deveria ficar guardado, adormecido e protegido dentro de uma urna; sua chave apenas seria entregue a um valês quando ela chegasse ao norte de Enigma.

Todo o plano que Lilibeth traçou lhe foi dado em sonhos após noites e noites em oração, pedindo a Moudrost que a iluminasse a tal ponto que o artefato criado não caísse em mãos erradas e que sua descendência fosse preservada por intermédio de Serena, ainda que ela mesma não sobrevivesse para ver a criança crescer.

O inverno do ano seguinte chegou. E o coração da fada se amargurava por não poder ver a filha. Desesperadamente, ela fiou e teceu uma enorme cortina vermelha que instalou nas paredes do aposento. Ao menos protegia seus olhos daquele maldito papel de parede.

Com a permissão de Atoc, Gulliver colheu um modesto tronco de oliveira no bosque e o levou para Lilibeth. O criado recebeu permissão para ajudá-la em tudo o que dissesse respeito à fabricação do objeto. Então, levou para ela também várias pedras sarcon[3]. Na madeira obtida, a normesa esculpia, dia e noite, varetas lisas e cilíndricas. Era o começo de uma nova era para o povo de Val, um Objeto de Poder estava sendo desenvolvido para dar força aos valeses. Graças a Atoc, seu líder, eles receberiam todo o poder das ciências naturais que pertencia aos normeses.

Foi nessa época que notícias sobre guerras começaram a chegar aos ouvidos de Lilibeth e ela discerniu que eram respostas às suas orações. A normesa pressentia que a cidade fortificada de Val seria destruída. Ela fora avisada em sonho de que ela mesma não sobreviveria, nem Atoc nem o povo dele. Era a punição de Moudrost para o pecado dos valeses, que pagaram com mal o bem que receberam dos normeses.

---

[3] Pedras sarcon: Rochas que, embora não possuam qualquer tipo de impureza, são totalmente reflexivas.

A MALDIÇÃO DAS FADAS

Sob as orientações de Lilibeth, a urna para guardar o objeto foi colocada no centro da Floresta Negra. Era uma estátua com forma de anjo, a Estátua de Gabriel. Atoc assistiu a algumas varinhas mágicas serem produzidas e colocadas num compartimento dentro do monumento. O objeto ficara protegido e seu poder adormecido e, como fora garantido para Lilibeth, somente a fada teria a chave capaz de abrir a Estátua de Gabriel. O poder do objeto não seria liberado, caso o sangue da normesa fosse derramado em solo valês; estava determinado assim.

Todas as condições foram cumpridas, mas Gulliver sabia que algo não ia bem com a prisioneira de Norm, mesmo cercada por tantas garantias de que retornaria em paz para sua terra natal com a filha nos braços. Afinal, Lillibeth não revelara a ele que sabia sobre sua própria morte.

No dia da partida de Lilibeth, assim que adentrou o quarto acompanhado por Gulliver e Valquíria, Atoc se deparou com uma cena terrível e angustiante. As pedras sarcon tinham sido cravadas por todos os lados nas paredes, rasgando e destruindo o papel amarelo que decorava o local, e que por tanto tempo atormentara a prisioneira. As cortinas vermelhas pendiam rasgadas.

Atoc viu Lilibeth descabelada, sem traço algum de sanidade em seu olhar. Ela sabia de seu fim próximo e que chegaria sem que ela jamais voltasse a ver os olhos de sua amada criança. Seus cabelos desgrenhados esvoaçavam em todas as direções, agitados pelo vento frio vindo do oceano, o mesmo vento que trazia prenúncios de morte e aniquilação. Lilibeth também sabia que era o fim para os valeses.

– Onde ela está? Deixe-me ver minha filha! – gritava aos prantos.

– Dê-me a chave, Lilibeth! – ordenou Atoc, apavorado com o ser disforme que estava diante de si.

– Eu quero vê-la! Eu quero vê-la! Serena! Minha filha!

– Não há tempo para isso agora, Lilibeth! – disse Atoc.

– Não, não há! Eles chegaram. Eu sei que eles estão aqui e todos nós morreremos. Eles vieram antes do que vocês esperavam! – gritou ela sorrindo repulsiva e loucamente, referindo-se aos surfins, inimigos da Valânia, que se aproximavam pelo mar do sul em seus inúmeros navios de guerra. – É o fim para todos! Todos morrerão!

– Não, se você me der o Objeto de Poder que construiu. Onde está a chave que abre a urna, Lilibeth?

– Você nunca o terá! O Objeto de Poder jamais será seu.

– Se essa história acabar assim, você nunca voltará a ver Serena. Todos nós morreremos, Lilibeth!

– Não voltarei, mas morrerei por meus ideais. O futuro mostrará que minha vida não foi em vão. A vida que você tentou destruir. A vida de minha filha! Seu maldito.

Atoc avançou sobre a mulher enlouquecida.

Enquanto ele e Gulliver seguravam Lilibeth, que se debatia, Valquíria a apalpava procurando em suas vestes a chave capaz de abrir a Estátua de Gabriel.

– As varinhas mágicas não funcionarão. Um pacto entre nós foi feito – esbravejava a prisioneira, quando, de repente, ouviu-se um tiro de canhão. Todos ficaram atônitos e Lilibeth acabou se soltando. Ela correu para um canto semelhante a um animal enjaulado quando se sente ameaçado.

– Entregue-me logo essa chave. Onde ela está? – perguntou novamente Atoc.

A MALDIÇÃO DAS FADAS

– Ela não está aqui. Eu a joguei no mar. Você não compreende? O poder do Objeto não será liberado dessa maneira.

– Eu tenho um amigo que saberá como lidar com isso – ressaltou Valquíria, com os olhos destilando ódio na direção de Lilibeth. Ela se referia ao *goblin*.

Um segundo tiro de canhão retumbou. Um alto e forte guerreiro valês adentrou o quarto anunciando o início da guerra e chamando Atoc para liderar os selvagens da Valânia.

Lilibeth agarrou-se em um canto da cortina que costurara e começou a puxá-la para baixo. Parte do tecido cedeu sobre ela.

Intrepidamente, sem pestanejar e sem que Atoc pudesse evitar, Valquíria sacou uma adaga escondida sob o manto. A arma atingiu as costas de Lilibeth, que se debruçara gargalhando sobre a janela para ver as embarcações de guerra dos inimigos se aproximarem. Suas loucas risadas continuaram até ela começar a cuspir sangue.

Um som amaldiçoado cortou os céus junto com uma terceira trovoada – era outro tiro de canhão desferido contra o Farol de Brón –, e o corpo da mulher encantada, agonizante, pendeu para o lado, ainda agarrada às cortinas vermelhas e às pedras encravadas por ela na parede. O sangue da normesa riscou o papel de parede amarelo e misturou-se à cor carmesim do tecido que o escondia.

Antes de morrer, Lilibeth pronunciou algumas palavras mágicas. Um feitiço estava sendo lançado sobre o quarto que lhe servira de prisão.

Todos deixaram a casa aos galopes. Atoc em direção à guerra com seus selvagens; Valquíria em fuga, junto com a maior parte do povo de Val em desespero; Gulliver carregando o corpo de Lilibeth nos braços.

A porta do quarto se trancou sozinha e desapareceu como num passe de mágica. As tristezas insondáveis e os inescrutáveis horrores psicológicos perpetrados contra a inocente mulher do povo de Norm seriam esquecidos, apagados da história, exceto, por este curto relato que vos escrevo.

Embora, do lado de fora, as inacessíveis janelas gradeadas da prisão de Lilibeth possam ser vistas até nos dias de hoje, do lado de dentro da construção não existe passagem que leve até aquele cômodo de misérias, lágrimas e sofrimento indizível. Um quarto sem portas. Muitos dizem ser ilusão de ótica, outros um encantamento a ser quebrado. O certo é que as janelas se encontram lá, inalcançáveis.

Atoc foi transpassado por três lanças durante a guerra e seu corpo se tornou comida de tubarões. O povo valês foi dizimado e a cidade de Val se tornou habitação de fantasmas.

O corpo de Lilibeth foi cremado por Gulliver, que escapou da violência da batalha daquele trágico e terrível dia. Ele utilizou uma canoa, na qual remou, adentrando a Baía dos Murmúrios. Isso ele fez antes que os inimigos alcançassem a entrada entre os promontórios norte e sul. Ele se esforçou para honrar a morte da normesa, por quem tanto se afeiçoara, e cumpriu todos os pedidos feitos por ela.

"Se eu morrer antes de retornar para minha terra, se alguma coisa acontecer a mim, entregue meu colar para Serena como recordação de que ela teve uma mãe amorosa. Diga a ela o quanto eu a amei. Por favor, faça isso por mim. E sempre cante

A MALDIÇÃO DAS FADAS

para ela a canção que eu cantava antes que ela fosse roubada de meu colo."

Como névoa ao redor dos rochedos abaixo do Farol de Brón, que desaparece com o surgir do sol pela manhã, assim foi a história de Lilibeth. Efêmera, sem importância e esquecida. Conforme pedido de Lilibeth a Gulliver, tais lembranças do horror e martírio vividos por ela deveriam ser guardadas apenas por sua descendência, por meio de um conto e de uma canção de ninar.

Val passou a ser chamada de Matresi.

O Objeto de Poder criado ficou trancafiado no monumento de mármore que só poderia ser aberto pela chave mágica, que foi lançada no fundo do oceano. E o final da história foi bem mais triste do que se poderia imaginar.

Assim como Gulliver, Valquíria conseguiu escapar da morte naquela noite quando espadas tilintaram e trovoadas de canhões soaram anunciando o luto de um povo e a morte de uma fada. A sogra de Lilibeth foi acolhida por *goblins* e para eles vendeu sua alma em troca de um maligno favor.

Sem saber do paradeiro de sua neta, Serena, e não possuindo poder capaz de matá-la a distância, Valquíria lançou uma maldição sobre a descendência de Lilibeth. As mulheres encantadas estariam fadadas ao fracasso no amor. Jamais conseguiriam ser felizes em seus relacionamentos amorosos, seus maridos não sobreviveriam o suficiente para ver suas crianças crescerem, por mais amadas que fossem por eles. O espírito da morte, na figura de um corvo, levá-los-ia precocemente desta vida. E assim tem sido até hoje a Maldição das Fadas.

G. KASHIR

Isabela, com lágrimas nos olhos, dobrou a folha de papel contendo a história fatal. Ela acordou naquela manhã com a intenção de repreender seu irmão por ter deixado Aurora usar a Pena de Emily de maneira tão desastrosa e inconsequente. Contudo, sabia que não era hora para isso. Ambos estavam tristes e sentiam uma dor profunda por causa da condição da fada.

Isabela se preocupava mais ainda pela vida de Pedro.

Passados alguns minutos, Aurora chegou ao mercado como no dia anterior. Ela sorria e o brilho que cintilava de seus olhos era genuíno e contagiante. Ela estava feliz, apenas por estar ali com eles, sem fazer ideia do que eles sabiam sobre seu destino.

METÁFORAS

Após os cumprimentos, Pedro continuou trabalhando como se nada tivesse acontecido, fingindo-se indiferente à terrível e arrepiante história que sua irmã havia encontrado nos livros da biblioteca.

Isabela também permaneceu calada, mas Aurora não percebeu que algo parecia estranho entre eles. Pouquíssimas pessoas sabiam fazer uma leitura corporal dos aqueônios – Aurora não era uma delas, embora fosse fácil. Bastava ver suas caudas retraídas, escondidas, para saber que algo não andava bem. A cauda de Isabela, por exemplo, chegava a se enrolar sobre si mesma.

Em determinado momento, Pedro quebrou o silêncio, anunciando que passariam a manhã no Porto da Serpente. A fada ficou tão entusiasmada quanto no dia anterior. A irmã de Pedro providenciou um curto sorriso forçado e tudo ficou bem até que eles começaram a caminhar em direção à praia.

Foi nesse instante de distração de Aurora, que Isabela retardou os passos e segurou o braço do irmão.

– O que você pensa fazer em relação ao que descobrimos?

– Nada – foi a resposta rude de Pedro.

Isabela o segurou novamente.

– Eu acho que ela é uma menina incrível, Pedro. É sério. Mas agora sabemos a verdade. Ela é uma fada e existe uma maldição sobre a vida dela.

– Não toque nesse assunto, Isabela – censurou.

Ambos observavam Aurora seguir sozinha à frente, sem saber que falavam sobre ela.

– Você se abriu com tanta facilidade para ela. Revelou seu segredo sobre a Pena de Emily, deixou-a usar o objeto de uma maneira tola... e agora, mesmo sabendo que um relacionamento com ela pode ser mortal, você age precipitadamente, dizendo para eu não tocar nesse assunto?

– Eu gosto dela.

– Agora conte uma novidade, maninho.

Pedro a encarou como que perguntando: "Está tão óbvio assim?".

– É lógico que você não precisa dizer isso para que alguém perceba. Vem estampado na sua cara. Você está encantado por ela – afirmou Isabela. – Você sabe melhor que ninguém que, quando uma pessoa detém certos poderes, é impossível impedi-la de agir. E carregar uma maldição é semelhante a possuir um grande poder, Pedro. É muito forte. Uma pessoa amaldiçoada é uma pessoa sujeita a uma força enorme que determina sua perdição e que pode afetar os outros.

– Aquilo é apenas uma história, Isabela. Você não deveria acreditar em tudo o que lê – respondeu Pedro, com intransigência.

– Então, me diga, onde está o pai de Aurora?

Pedro ficou pensativo.

– Eu sinto muito por ela... mas em primeiro lugar me preocupo com você, que é meu irmão.

– Então, tudo isso não passa de ciúmes. Você está cega, Isabela.

– Não me parece que a cega aqui seja eu. O amor é capaz de criar ilusões com mais facilidade do que o ciúme.

A discussão entre os irmãos foi interrompida pela fada.

– Está tudo bem? Ou desistiram de ir ao porto? – gritou de longe, alheia ao que eles conversavam.

Antes de correr ao encontro de Aurora, Pedro dirigiu palavras ríspidas a Isabela, torcendo a sobrancelha e fechando a cara, numa nítida manifestação de reprovação.

– Eu convenci a mamãe a tirar você daquele estúpido acampamento. Não venha fazer algo de que vá se arrepender depois. Fique de boca fechada.

A insistência da aqueônia não foi capaz de convencer o irmão de que ele estava agindo por impulso e imaturidade. Isabela sentiu vontade de chorar ao ouvir Pedro falar daquela maneira com ela. Não pôde fazer nada além de acompanhá-los. Afinal, estava sob a responsabilidade exclusiva dele durante aqueles dias de verão.

Havia ingenuidade nos modos de Aurora. Suas intenções não foram traiçoeiras, muito menos obscuras, no que se referia à descoberta do poder da Pena de Emily e seu uso no dia anterior. Entretanto, eram, sem sombra de dúvidas, infantis e irresponsáveis.

A culpa pela imaturidade poderia recair sobre sua idade? Afinal, ela então vivia uma fase com tantas descobertas. Um adulto agiria da mesma maneira? Talvez. Pelo menos não fora o caso com senhor Kesler e Virgínia Theodor, quando Pedro descobriu o Objeto de Poder. Pensando desse modo, Isabela procurou dar um desconto na ocorrência do dia anterior e decidiu que tentaria retomar a afeição que sentira dias antes em relação à fada.

A pena fora usada de maneira indevida, mas Pedro já não fizera travessuras no início, quando a encontrou? De qualquer forma, isso não o deixava isento de culpa, caso as coisas começassem a sair do rumo projetado por seus pais.

Pedro estava agindo de forma ingênua, dominado pela perturbadora, imprevisível e febricitante paixão juvenil. Com certeza, pretendera impressionar a fada.

– Minhas férias não poderiam ser melhores, Pedro – confessou Aurora, ao avistar as embarcações lá embaixo, no Porto da Serpente.

A chita entre as pernas da fada já não estava tão úmida quanto nos dias anteriores. E ela sequer se lembrava de que havia o tecido ali. Era semelhante ao convívio com sua avó. Com o passar dos anos, ela se acostumara ao incômodo causado pela velha, e sabia que, de tempo em tempo, vó Morgana voltaria a perturbá-la.

Enquanto Aurora e Pedro desciam a escadaria, Isabela apoiou-se no corrimão de madeira que conduzia até o cais e ficou, por um momento, assistindo as gaivotas voarem altaneiras. Após ser ameaçada pelo irmão, a menina decidiu que seria mais útil aproveitar o passeio e abandonar as pieguices entre Pedro e Aurora, mesmo com todos os riscos envolvidos. Isabela aprendera desde cedo que precisava respeitar o tempo de seu irmão, que era um tempo diferente do dela.

Enquanto isso, pensamentos agradáveis e afetuosos povoavam a mente da fada e do aqueônio.

– Quem foi Emily? – perguntou Aurora, assim que eles se sentaram no final do píer. A água do mar batia em seus tornozelos.

Pedro sorriu diante da pergunta e percebeu a irmã se aproximar.

– A maior escritora que meu povo já conheceu. Uma aqueônia dedicada ao estudo das letras e das línguas.

– Pensei que os anões alados fossem os maiores contadores de história de Enigma.

– E o são, Aurora. Mas eles narram histórias reais que ocorreram com os povos de nosso reino. Estudam muito geografia e prezam a veracidade dos fatos. Lógico que eles entendem bastante as regras gramaticais e falam com desenvoltura. Nenhuma ciência é independente das demais; cada uma é uma especialidade do conhecimento, que é holístico.

– Nós nos preocupamos com a fala, com a linguagem, não necessariamente em contar e registrar acontecimentos. Vamos dizer que nosso foco é bem diferente do daquele povo – acrescentou Isabela, sentando-se ao lado deles.

– Nosso pai, por exemplo, é especialista em fonética e fonologia.

Aurora riu desconcertada, imaginando que aquilo deveria significar muito para a família Theodor.

– Você não sabe do que estou falando, não é? – divertiu-se Pedro – A fonética estuda os diferentes sons empregados na linguagem, enquanto a fonologia estuda os padrões básicos dos sons numa língua. Meu pai é capaz de saber a origem e um pouco do histórico de uma pessoa sem que ela os revele diretamente a ele. Apenas conversando sobre qualquer outro assunto com ela, deixando-a falar.

– Emily era especialista em inúmeras áreas do nosso conhecimento, Aurora – disse Isabela.

– As maiores contribuições que ela nos deu ficaram a cargo de uma novidade que introduziu no estudo da linguagem. Ela criou um ramo do conhecimento que ficou conhecido como neurolinguística. Seus trabalhos mais importantes envolviam a programação neurolinguística – enfatizou Pedro.

– Oh! Para ter um nome desses, deve ser algo muito importante realmente – ironizou a fada.

O aqueônio retirou a pena de seu gorro e, para surpresa de Aurora, começou a escrever na madeira de um atracadouro.

– Ela escreve sem tinta, Pedro! Isso é maravilhoso – espantou-se a fada.

A longa palavra foi escrita com uma barra separando duas de suas partes: neuro / linguística. Os aqueônios riram da reação da fada.

– Alguma vez você já havia parado para pensar na possibilidade de controlar funções do cérebro apenas com o poder da palavra, com o poder da linguagem? Foi isso que Emily conseguiu fazer.

– Imagine palavras atingindo sua mente e provocando nela reações – propôs Isabela, sempre atenta às explicações do irmão e às respostas corporais da fada.

– Eu acredito no que estou ouvindo, porque eu mesma experimentei o poder da pena na manhã de ontem. Foi realmente tremendo, Pedro!

Um ruído chamou a atenção dos garotos. Homens discutiam perto dos armazéns do porto. Pescadores e marinheiros se agitaram, como se algo ofensivo e ameaçador se aproximasse. Era visível que escondiam cargas e camuflavam seus produtos.

Dentro de pouco tempo, a figura grotesca de dois cobradores de impostos surgiu, descendo as escadas que davam na plataforma com as edificações suspensa na areia da praia. Os dois pares de olhos agudos percorriam cada canto das lojas e analisavam a movimentação dos trabalhadores. Tinham uma aparência definitivamente grotesca e também severa.

Aurora, Pedro e Isabela ignoraram a presença amedrontadora dos fiscais, considerados por eles como inescrupulosos e malquistos. Enquanto Pedro estivesse com a pena na mão, porém, os três estariam em segurança.

– O segredo está em conhecermos bem as regras, estruturas e classes de palavras da nossa língua – continuou o aqueônio. – Passamos a conhecer as intenções e segundas intenções das palavras. É assim que tudo começa e funciona na comunicação. Temos inúmeras conjunções para serem usadas, mas a maioria das pessoas nem se dá conta disso. Essas pequenas palavras invariáveis promovem coesão à mensagem que queremos transmitir.

Fascinada com tudo o que ouvia, Aurora assentiu para o aqueônio.

– Isso parece tão mágico quanto os poderes do Povo Encantado – assumiu ela.

– Emily estudou meticulosamente o poder da argumentação. Ela descobriu o poder da persuasão – disse Pedro maravilhado. – Foi seguindo esse raciocínio que eu descobri a localização do Objeto de Poder. Todo o segredo deixado por ela jazia oculto em metáforas em um poema muito conhecido pelos aqueônios.

Os olhos de Aurora brilharam ao escutar aquilo. Seus pensamentos sobressaltados verteram para a canção de ninar cantada por sua mãe. A inquietação na noite de seu aniversário, como se uma voz lhe dissesse que a música continha algum tipo de enigma, também retornou.

– Se você pretende convencer uma pessoa de uma ideia, a melhor maneira, diferente do que possamos pensar, não é através da exposição de argumentos. Quando alguém está relutante em aceitar uma proposição, nenhuma prova será suficiente para convencê-lo. No entanto, metáforas serão úteis!

– O que são metáforas? Alguma espécie de seres sobrenaturais capaz de influenciar pessoas?

Isabela segurou o riso para não parecer rude. Pedro olhou no fundo dos olhos castanhos de Aurora e se perdeu como a se afogar num oceano de beleza e ingenuidade. Ele sabia que ela dissera aquilo por brincadeira.

Por precisar guardar segredo sobre o poder que possuía, contido na pena, ele costumava levar uma vida solitária. Apaixonara-se pela encantadora simplicidade de Aurora, pela cor sempre bronzeada de sua pele escura, pela simpatia demonstrada em todas as vezes em que se esbarravam na escola e, também, por sua solicitude. E entendia que ambos simbolizavam famílias distópicas em Bolshoi. Ele era um aqueônio, possuía uma cauda, ela era uma fada, possuía uma maldição.

Percebendo que a presença de Aurora lançava um feitiço hipnotizante tão forte sobre Pedro quanto o poder da pena, Isabela quebrou o silêncio gerado a partir da pergunta feita.

– Metáfora é a forma de comunicação mais poderosa que existe. Como Pedro falou, ela é capaz de quebrar resistências e levar mensagens exatas, usando palavras que não se referem diretamente ao conteúdo da mensagem. Ela sempre acontece quando nos referimos a alguma coisa de forma implícita por meio de imagens e associações.

– Se eu disser que seus lábios são mel, eu estarei fazendo uso de uma metáfora. Veja: seus lábios são um órgão feito de carne, mas ao dizer que são mel estou transportando o sentido da palavra "mel", para dizer que seus lábios têm um gosto adocicado – completou ele.

Aurora abaixou os olhos envergonhada por escutar, na frente da aqueônia, aquela bela metáfora construída por Pedro. Em questão de instantes, foi surpreendida pela ousadia do aqueônio com as seguintes palavras:

– Mas é lógico que eu não poderia dizer isso sem realmente saber se seus lábios são verdadeiramente doces.

– Emily deve ter sido uma grande mulher aqueônia. Com licença, preciso ir ao banheiro – disse Aurora, constrangida, deixando os irmãos a sós.

A MALDIÇÃO DAS FADAS

A fada começava a perceber que seria impossível não se render aos encantos e ao cavalheirismo de Pedro, porque eram genuínos e puros. "Oh, meu Deus, eu não posso me apaixonar por ele. Mas eu acho que já estou... Não! Ele não pode se declarar para mim. E, caso isso venha a ocorrer, eu terei que dizer que não sinto nada por ele", ela pensou, de maneira triste, enquanto deixava os aqueônios à beira da água. "Somos apenas amigos. Somos apenas bons amigos. Seremos somente bons amigos..."

A mente de Aurora conjecturava possibilidades infinitas de cenas que jamais poderiam ocorrer. Seus pensamentos estavam acelerados e confusos como acontece a quem se apaixona e não quer tomar uma decisão errada capaz de destruir todo o relacionamento. Por isso, ela teve a ideia de ir ao banheiro e ganhar tempo para se recuperar e pensar melhor em tudo o que estava acontecendo. Estar com Pedro Theodor equivalia a estar no céu.

A fada não era o tipo de garota que pensava com lógica e razão e talvez isso tudo se devesse ao fato de ser tão insegura. Bastaria ela saber que a maior parte dos medos de qualquer pessoa surge do receio por coisas que nunca acontecerão, que são possibilidades que povoam apenas a mente daqueles que romantizam e dramatizam a vida. Aurora precisava amadurecer não só seus sentimentos como também a maneira de lidar com eles.

Pedro colocou novamente a pena em seu gorro. Seus lábios se abriam num largo e esperto sorriso e seus olhos se perdiam na linha do horizonte à frente. Isabela sabia o significado de tudo aquilo: seu irmão estava apaixonado pela fada e nada poderia mudar esse fato, nem mesmo a mais obscura maldição.

– Desculpe-me por discutir com você a respeito de Aurora.

O aqueônio continuou sorrindo, com o olhar fixo no nada. A água batia-lhe nas canelas no final do píer. Ele sorriu para a irmã e a abraçou, acolhendo-a com sua cauda.

Toda a estrutura, envelhecida e ultrapassada, do Porto da Serpente ficava numa praia logo abaixo do promontório onde se instaurara a administração de Bolshoi. O local poderia ser considerado uma enseada dentro da longa Baía dos Murmúrios. Rochedos pontiagudos acalmavam a agitação do mar, quebrando as ondas e formando uma entrada natural para o porto. A vegetação exótica exibia um verde tranquilizador por toda parte. Com tais contrastes, aquele era um lugar para descanso e meditação, assim como para cortejar, elogiar e dizer palavras carinhosas a alguém que se ama.

Apenas o uivo do vento conseguia quebrar, de tempo em tempo, a harmoniosa calmaria. Todas as vezes que seu sussurro se fazia ouvir, lembranças arrepiantes das histórias dos horrores da cidade fantasma vinham à mente dos visitantes que por ali passeavam. E agora os aqueônios sabiam tão bem quanto a fada a história trágica de Matresi, a cidade outrora chamada de Val. Uma nova perspectiva os assaltava quando olhavam para o outro lado da baía.

O Farol de Brón se mantinha ainda mais imponente visto daquele lugar baixo, onde Pedro e Isabela se encontravam. Suas janelas penumbrosas e, muitas vezes, ocultas pela cerração vinda do mar possuíam um efeito, ao mesmo tempo, atrativo e repulsivo. No geral, viver em Bolshoi era semelhante a morar numa rua onde uma casa abandonada alimenta constantemente a imaginação das crianças em relação a assombrações e espectros do além. No entanto, Matresi atraía adultos ao invés de crianças, por haver fortes evidências de um tesouro escondido em seu interior. A mística aterrorizante aumentava porque, dos aventureiros que lá entravam, voltavam apenas os corpos boiando na baía.

Isabela observou o olhar fixo do irmão na direção do farol. Ela sabia que ele pensava na história da qual tomara conhecimento naquela manhã, o conto da prisão de Lilibeth. Por mais assustador que o outro lado da baía pudesse parecer, ainda não expressava com exatidão os horrores e tristezas pelos quais passou aquela mulher encantada.

De repente, vozes chamaram a atenção dos aqueônios. A gritaria vinha dos armazéns, para onde Aurora se dirigira. A preocupação de Pedro o fez levantar-se num galope e olhar naquela direção.

Para seu alívio, a fada não se via envolvida na confusão que se formara. Aurora apressou-se a chegar perto de seus amigos, depois que alguém foi derrubado no chão.

Um grito tirou completamente a paz do ambiente. Um homem resistia à ação dos fiscais do prefeito Jasper.

Pedro e Isabela assistiram de longe a um dos cobradores de impostos arrancar uma peça de metal reluzente das mãos de um estivador atarracado, que escondia sua careca sob um lenço azul. O trabalhador ameaçou levantar-se para recuperar seu objeto de valor, mas foi detido pelo movimento do outro fiscal que levara a mão até o cassetete que trazia pendurado na cintura. O pobre homem levou um murro na boca do estômago.

As poucas pessoas que trabalhavam no local nada fizeram para impedir a ação do agressor uniformizado. Afinal, ele era um cobrador de impostos protegido pelo prefeito autoritário, o homem que criava e mandava cumprir as regras por ali. Todos o temiam.

– Você está bem, Aurora? – perguntou Pedro.

Havia lágrimas nos olhos da fada e ela segurava com firmeza o pingente em seu colar, como se corresse o risco de perdê-lo.

– O que aconteceu? – indagou Isabela, assustada.

– Eles estavam atrás de contrabandistas. Disseram que existem pessoas trabalhando contra o governo da rainha Owl em Enigma. Trabalhando em segredo e que isso eles não deixarão acontecer. Acusaram aquele homem de estar roubando o prefeito e o obrigaram a entregar-lhes a peça de ouro – disse ofegante, entre lágrimas e soluços. – Mas eu conheço aquele carregador de navios, ele não é ladrão. Pelo contrário, ao que parece, os cobradores é que andam roubando o povo.

– O cobrador de impostos que o agrediu é o pai de Henry – sussurrou Isabela como se temesse denunciar o homem. – Ele é grosso e bruto. Desde que chegou à cidade, todos os demais cobradores começaram a ficar mais agitados, agressivos. Agora, eles agem com a mesma imoralidade que ele.

– Ei! Vocês precisam se acalmar – orientou Pedro.

Quando perceberam que o tumulto havia passado, os três voltaram a sentar no píer e ficaram um tempo em silêncio. A multidão nas docas se dispersou e tudo pareceu voltar ao que era antes.

Os olhos de Pedro acompanhavam os pequenos peixes que nadavam sob seus pés, os de Aurora fixaram-se na torre do farol do outro lado do mar, enquanto Isabela olhava de esguelha para a fada, estudando-a, apreensiva.

Perdida em pensamentos confusos, Aurora começou a cantar a canção que aprendera, ouvindo sua mãe.

"Se essa rua, se essa rua fosse minha,
Eu mandava, eu mandava ladrilhar.
Com pedrinhas, com pedrinhas de brilhantes
Para o meu, para o meu amor passar."

Surpresos, os aqueônios evitaram se mover bruscamente para não inibir o canto doce e agradável que escutavam.

Aurora parecia hipnotizada. Sua voz suave e melodiosa executava a canção com emoção e delicadeza. O vento parecia ter parado de soprar somente para ouvir aquela triste música entoada do fundo do coração da fada.

"Nessa rua, nessa rua tem um bosque,
Que se chama, que se chama solidão.
Dentro dele, dentro dele mora um anjo,
Que roubou, que roubou meu coração."

Pedro fechou os olhos e entregou-se à música com a alma. Nenhuma menina que ele conhecia cantava com tanta inspiração e afinação.

Talvez fosse a melodia a causar-lhe a sensação de hipnose. Bastou perceber essa fragilidade para recordar-se dos contos sobre sereias e lâmias. As primeiras com metade do corpo de peixe e as segundas, de serpentes. Elas seduziam marinheiros e camponeses com suas doces vozes e agradáveis cicios para depois matá-los.

Pedro quis desvencilhar-se de tais pensamentos, mas não pôde fazê-lo de imediato. Sentia-se mal por ter associado Aurora àqueles seres malignos citados no conto sobre Lilibeth. Ele estaria fazendo o mesmo que as crianças na colônia de férias fizeram, quando descobriram o leite azedo e os talheres oxidados: acusaram Aurora de ser uma bruxa.

"Se eu roubei, se eu roubei teu coração,
É porque, é porque te quero bem.
Se eu roubei, se eu roubei teu coração,
É porque tu roubaste o meu também."

Antes que o aqueônio pudesse abrir os olhos, de modo a afastar tais pensamentos, ele escutou a voz de Isabela interromper o final da música entoada por Aurora.

– Onde você aprendeu essa canção?

– Desculpem-me. Eu não queria incomodá-los com isso. E que apenas senti um desejo incontrolável de cantá-la.

– Ela é linda... – Isabela apressou-se para se explicar – e triste ao mesmo tempo.

– Minha avó cantava para minha mãe quando ela era ainda um bebê. Depois foi a vez de minha mãe cantá-la para mim. É uma canção das fadas, passada de geração a geração.

Pedro viu quando a cauda de sua irmã se ergueu em alerta. Na leitura que fez, não conseguiu saber se era um bom ou mau sinal. Isabela acabara de se lembrar de que a letra da canção vinha escrita no final do texto sobre a maldição das fadas. Ela desviou o olhar para o pescoço de Aurora, que levou novamente a mão ao pingente de seu cordão.

– A pessoa que compôs a canção diz ter tido seu coração roubado, mas isso só seria possível se ela morresse verdadeiramente. Existe um sentido figurado na letra da canção, Aurora. Você compreende? Metáforas.

A fada ficou confusa ao escutar aquilo.

Os olhos de Pedro se arregalaram, pois finalmente compreendera onde sua irmã pretendia chegar.

– Eu me recordo de ter ouvido você me dizer que o cordão lhe fora dado como presente de aniversário e como uma herança familiar. A música também pertence às mulheres de sua família – completou a aqueônia. – Tanto a canção como o colar podem ter sido criações de Lilibeth, para transmitir uma mensagem.

— Isabela! — gritou Pedro — Você não tem o direito de tocar nesse assunto com Aurora.

A tensão que se instaurou no píer foi inesperadamente quebrada pela censura que a fada fez ao aqueônio.

— Deixe, Pedro. Eu não me importo se vocês sabem a verdade. E talvez seja essa a maior prova de que realmente sinto que são meus amigos. Continue, Isabela.

Embora tenha se mostrado surpresa por eles saberem sobre Lilibeth, a curiosidade de Aurora sobre o que a irmã de Pedro dissera fora maior. A fada não buscava justificativas, mas respostas.

— Não foi por mal, Aurora. Gostamos de você — respondeu Isabela, desculpando-se também com o irmão através de um olhar benevolente.

— Nós sabemos da história de Lilibeth e queremos ajudar você.

A aqueônia tirou do bolso a folha de papel para a qual transcrevera o relato. Havia pensado muito sobre tudo o que estava escrito ali e fora despertada pela canção das fadas.

— É como se a música fosse uma peça fundamental, necessária para desvendar todo o quebra-cabeça deixado por Lilibeth. Bem... é o que eu acho. Eu já li várias vezes a história de Lilibeth desde que a descobri ontem na biblioteca. E ela insiste em retornar à minha mente. E, quando falávamos em metáforas, sentido figurado, eu vi o pingente de coração... eu apenas comecei a juntar ideias.

— Vamos, Isabela, tente... conte-me: o que você está pensando? — encorajou Aurora.

— Que esta canção pode conter um enigma. Talvez toda ela seja o enigma.

— Eu também acho, pois foi exatamente este mesmo pensamento que me ocorreu há alguns dias.

A cauda da menina se elevou acima de sua cabeça, gingando, enquanto ela continuava a falar.

— Primeiro temos que considerar que é Lilibeth quem está cantando.

Todos os olhares se fixavam em Isabela. Aurora com um ar sonhador e Pedro libertando-se de sua carranca acusatória. Era como se a canção fosse novamente entoada, em segundo plano, enquanto as duas meninas se propunham a decifrá-la.

— Precisamos começar pela parte que fala do coração, pois foi o pingente que desencadeou toda essa ideia louca. — Isabela riu timidamente — Precisamos começar a desvendar o enigma a partir da terceira estrofe. Vejam! Lilibeth roubou o coração de Atoc porque ele roubou o dela também. O coração da fada era sua filha, Serena; então, consideramos que o do guerreiro valês era o pingente, que é a chave para se chegar até o tão cobiçado Objeto de Poder. No entanto, ele não estava atrás do pingente de um cordão, porque acreditava se tratar de uma chave genuína como as que abrem portas. Ele queria abrir a urna onde o Objeto fora depositado, lembram-se?

— Chega a parecer absurdo, mas não podemos descartar o que você está dizendo. Nunca me passou pela cabeça qualquer coisa parecida com isso... — pensou Aurora em alta voz.

— Nem pela sua nem pela de ninguém, Aurora. Quantas vezes cantamos belas canções sem sequer nos preocuparmos em saber de sua origem, como e para quê foram compostas. Nenhuma composição é isenta de valor. Aprendemos isso desde pequenos, não é, Pedro? Toda escrita carrega algum tipo de mensagem e seu objetivo nem sempre é apenas entreter o leitor, mas também influenciá-lo. Lilibeth a usou para deixar um legado fantástico! Nem mesmo Atoc poderia imaginar que a chave seria um pingente de cordão e que tudo pudesse ocultar-se em três estrofes de uma música.

– Lilibeth mentiu quando disse que jogara a chave no mar – refletiu Aurora. – Ela foi forçada a isso para conseguir se manter protegida ao longo dos anos e fazer chegar a nós sua mensagem.

– É uma possibilidade – sussurrou Pedro, tentando se convencer.

– Os fatos estão muito distantes de nós no tempo, mas acredito que Lilibeth realmente amou Atoc, senão não teria se casado com ele. A ruína de seu casamento foi Valquíria. Tudo veio abaixo a partir do momento em que ela entrou em cena, pois o guerreiro valês acabou sendo manipulado pelas encenações da mãe. A fada sabia que o Objeto de Poder não poderia cair nas mãos do atormentado marido, pois o homem acabaria se destruindo. O poder não é para todos e geralmente atrai pessoas de má índole – concluiu a fada.

– Precisamos encontrá-lo, Aurora. As varinhas encantadas, fabricadas manualmente por Lilibeth, pertencem ao seu povo, pertencem à sua família – Pedro deixou escapar seu desejo.

A fada nunca havia se sentido tão confortada como naquele instante. Os aqueônios mostravam-se realmente preocupados com ela. Pareciam querer ajudá-la a qualquer custo.

– O Objeto continua aprisionado na estátua e acredito que sua localização nos seja dada pela segunda estrofe da canção – deduziu Isabela.

Aurora recitou as quatro frases da sequência referida. Todos ficaram mudos, pensando, procurando ligações possíveis que desvendassem aquela charada. Mas, desta vez, foi Pedro quem primeiro falou.

– Há pouco mais de dez quilômetros de Bolshoi existe uma floresta. Ela é conhecida como Floresta da Solidão, pois é um santuário isolado e esquecido. Eu já estive lá certa vez com papai, nas margens do bosque.

Isso aconteceu há alguns anos, quando eu ainda não possuía a Pena de Emily. Os cobradores de impostos tomaram de nós uma bacia de ouro que fora do avô de mamãe e significava muito para ela. Com muito custo, papai descobriu que a peça fora levada para aquelas bandas, então, fomos buscá-la.

– Não sabia disso. Como a peça foi parar lá? – indagou Isabela.

– Vocês a recuperaram?

– Infelizmente, não conseguimos reavê-la – lamentou Pedro. Então, voltou-se para a irmã e continuou a narrar o episódio. – Na época, existia uma forja na entrada da floresta. Não sei se ainda existe. O certo é que a bacia já havia sido derretida.

– Aposto que teve o dedo inescrupuloso de Jasper no roubo.

– Ele ainda não era prefeito de Bolshoi, Aurora, mas tudo é possível. Ele era o cidadão que mais prosperava financeiramente na cidade e, infelizmente, usava seu poder e influência para tentar controlar muitas pessoas com propósitos perversos. Comprava e vendia pedras preciosas por preços injustos. Sua ascensão foi o que o capacitou a ganhar as eleições – explicou o aqueônio.

– Pedras preciosas, a floresta chamada Solidão... está tudo se encaixando. A Estátua de Gabriel só pode estar nesse lugar, Pedro – concluiu Isabela.

– Gabriel – repetiu a fada –, esse é um nome de anjo. Que esplêndido! A canção diz que dentro do bosque mora um anjo... jamais imaginaria que ela estivesse falando de uma estátua.

Aurora sorriu satisfeita e lançou um olhar de aprovação cheio de afeto na direção do amigo. Era como um sonho se realizando. Huna, sua mãe, passara a vida procurando pistas do paradeiro do Objeto criado por Lilibeth, assim como tantas outras mulheres antes dela. Agora, a chance de encontrar as varinhas encantadas repousava sobre a vida da pequena fada. E teria a ajuda dos amigos que acabara de fazer.

Como toda fada e toda a tradição formada por elas, Aurora sabia que o Objeto de Poder de seu povo seria capaz de quebrar a maldição lançada por Valquíria no passado. Tal conhecimento fervilhou dentro dela acendendo uma chama de esperança em relação a seu amor por Pedro.

– Ainda existem anjos em Enigma? – perguntou Isabela.

Aurora e Pedro deram de ombro.

A fada deu uma última olhada para o Farol de Brón e suspirou.

– Estamos chegando, Lilibeth. Estamos decifrando seus enigmas e vamos encontrar o Objeto que você deixou para nós – sussurrou baixinho.

NA FORJA-MESTRA

    Aurora, Pedro e Isabela estavam convencidos de que as varinhas mágicas de Lilibeth se encontravam na sombria e desconhecida Floresta da Solidão, que, em tempos remotos, passara a se chamar Floresta Negra. Eles também estavam temerosos do que deveriam fazer para chegar até lá.

    Após o almoço, passaram o resto do dia planejando a viagem que fariam até aquele misterioso lugar. A fada e o aqueônio não queriam levar Isabela, mas não teriam como deixá-la para trás, pois decidiram fazer a viagem em sigilo. Kesler e Virgínia Theodor não poderiam ficar sabendo que eles iam sair de Bolshoi; sendo assim, a irmã de Pedro iria junto.

    Mesmo contrariada de sair sem avisar os pais, Isabela cedeu à solicitação do irmão e passou a tarde com ele e Aurora na biblioteca. Lá, encontraram um velho mapa da região que acusava a existência da forja de Matresi. Não conseguiram saber se ela ainda existia, contudo era conhecida como Forja-Mestra e, para surpresa de todos, localizava-se no início de uma longa estrada conhecida como Rua das Pedras.

"Se essa rua, se essa rua fosse minha...", todos recordaram a canção.

A Rua das Pedras se estendia paralela a um dos rochedos da Baía dos Murmúrios, terminando na entrada da cidade fantasma. Era mais uma estrada que uma rua genuína.

Nenhum deles conseguiu dormir direito naquela noite. Pensavam na aventura que fariam ao amanhecer. Os aqueônios tinham uma preocupação a mais, precisariam mentir para seus pais.

Na manhã seguinte, logo após o descarregamento no mercado de Bolshoi, Pedro disse à mãe que ele e Isabela almoçariam na casa de Aurora. Isso lhes garantiria o sigilo, caso se atrasassem ao retornar da Forja-Mestra à tarde. Poderiam passar o dia inteiro fora da cidade, sem que seus pais se preocupassem com eles. Os dois dias anteriores que passaram juntos lhes mostraram isso. Os pais de Pedro confiavam nele e não teriam a preocupação de perguntar onde e o que ele fazia junto com as garotas.

Aurora nada falou a sua avó. De uma forma ou de outra, a menina sabia que estava largada no mundo durante aqueles dias em que sua mãe viajara. Esse sentimento de abandono reforçou seu desejo de fazer algo pelas costas de Morgana. Bem no fundo de sua alma, a fada desejava que fosse descoberta naquele ato de rebeldia, pois isso lhe daria uma sensação de desforra pela falta de consideração da avó. Mas sobre isso ela não comentou com os aqueônios.

Pedro usou o poder da pena e "convenceu" um viajante a dar-lhes carona em uma carroça que seguia para o norte. Aurora vibrava com a forma como Pedro conseguia fazer aquilo. Por seu lado, Isabela ficou decepcionada ao ver o irmão usar tal poder de maneira imprópria.

A aventura que viviam ao sair da cidade, escondidos de seus responsáveis, traduzia-se em desobediência somente na cabeça da ajuizada aqueônia. Aurora e Pedro só conseguiam pensar um no outro e no motivo que os levara a estar juntos, deixando Bolshoi.

Basicamente eles contornaram a baía, sempre seguindo para o norte.

Hipnotizado pelo poder da Pena de Emily, o carroceiro colocou os cavalos para correr o máximo que pôde, sem questionar ou sequer dizer uma palavra durante todo o percurso.

Assim que passaram pela fazenda onde acontecia a colônia de férias, avistaram, à esquerda, ravinas e desfiladeiros profundos com pântanos repugnantes. Uma parte de terra na estrada estava sulcada e estreitas passagens se formavam entre os baixos montes.

Quanto mais avançavam, contornando a Baía dos Murmúrios, mais tenebrosa se tornava a paisagem. Uma atmosfera desoladora de paredões poeirentos e repugnantes começou a cercar o caminho pela esquerda. Um silêncio assustador e soturno manteve todos calados na segunda metade do percurso. O marulho de ondas quebrando nas pedras era o único som ouvido. Ele vinha da direita dos viajantes, subindo por detrás de uma muralha vegetal que ocultava o mar.

Aurora e seus amigos compreenderam pela primeira vez o nome dado àquela baía, dos Murmúrios, e acharam-no propício. Ao longo do trajeto, atravessaram três pontes sobre rios caudalosos que provavelmente desaguavam nela. Os viajantes a circulavam, sempre mantendo o norte como direção, até que começaram a rumar para leste.

Eles percorreram aproximadamente vinte quilômetros até alcançar o ponto em que a estrada norte de Bolshoi começava a se afastar do litoral, num local onde ela também se bifurcava.

Ao comando de Pedro, o guia soltou um dos cavalos que puxava a carroça. O animal foi arreado e preparado para que pudesse servir de montaria aos jovens aventureiros posteriormente, no retorno para casa. O cavalo ficara oculto numa reentrância da estrada que seguia para Matresi.

Pedro dispensou o carroceiro.

O aqueônio, então, fez sinal para que Aurora e Isabela o seguissem. Ele estava despercebido da maneira injusta com a qual vinha usando o poder que possuía. Acabara de roubar um cavalo do viajante. Apenas sua irmã se indignava silenciosamente; Aurora seguia envolvida demais com os objetivos daquela aventura e, assim como Pedro, não se importou com os métodos usados.

Caminharam com certo entusiasmo por quase um quilômetro até começarem a escutar um barulho intermitente. Era o som de metal batendo em metal. Várias batidas simultâneas e descompassadas. Em questão de segundos avistaram a ferraria, e o ritmo das marteladas pareceu se intensificar. Ela ainda funcionava, não tiveram mais dúvidas.

Densas árvores cercavam o edifício pelas laterais. A porta da oficina encontrava-se fechada. Somente no segundo andar da enorme construção de tijolos havia janelas.

– Vamos seguir em frente. Conforme o mapa, aqui começa a Rua das Pedras – orientou Pedro apontando para o calçamento.

O chão de terra batida começava a dar lugar a um singular pavimento construído com pedras de igual tamanho e forma, o qual dava testemunho da glória que um dia a cidade de Matresi possuiu. As pedras mantinham-se bem ajustadas umas às outras, fazendo jus ao nome do caminho.

Com um estrondo, a porta da Forja-Mestra se abriu, obrigando os jovens exploradores a se esconderem atrás dos arbustos à beira da estrada, ao lado da oficina.

Uma figura gigante surgiu enxugando o suor da testa com um pano que retirou do bolso de trás da calça, o mesmo que usou para assoar o nariz. A figura pareceu-lhes desprezível e repugnante. Era um homem de quase dois metros de altura. Estava sem camisa, o que evidenciava sua musculatura avantajada e intimidadora. Aos olhos de Aurora e Isabela, ele era semelhante a um animal, um monstro medonho com uma barba suja e longa e um cabelo liso e abastado, penteado para trás. O avental de couro que usava denunciou ser ele um ferreiro.

– Ricarten! – gritou uma voz de dentro da forja – O lote está pronto, seu desgraçado?

– Deixe que eu cuido do meu serviço, Derik – grunhiu o gigante de avental.

– Contanto que não ocorram atrasos. Você viu o que o *goblin* fez àquele preguiçoso novato dois dias atrás. Não podemos ficar jogando os mortos na baía. Não queremos que o *goblin* se irrite com nosso serviço, muito menos o prefeito.

Escondidos na folhagem seca, a fada e os aqueônios quase fizeram barulho ao ouvirem Derik dizer aquilo, pois um calafrio os percorreu. Os *goblins* eram seres perversos e imorais, inimigos do reino de Enigma. Era impossível, pelo menos improvável, que um trabalhador naquela região mantivesse relações com eles.

Como se não bastasse, a fada e os aqueônios tiveram a prova de que o prefeito de Bolshoi não era quem a população pensava que ele fosse. Negócios escusos eram feitos naquela oficina.

– Ele era só mais um indigente. Mereceu a morte por ser tão imprestável. Não deveríamos aceitar qualquer um em nossa ferraria. Homens fracos sucumbem como insetos diante das fornalhas – respondeu Ricarten impiedosamente.

A MALDIÇÃO DAS FADAS

Aurora teve vontade de indagar Pedro sobre o que estavam escutando. O aqueônio balançou a cabeça de leve, confirmando a suspeita nos olhos dela. Não podiam estar falando de outra coisa senão do corpo encontrado boiando na praia dias atrás. Disso eles estavam certos.

Isabela tremia de medo, agarrando-se nas vestes da fada. Já se sentia arrependida por estar ali.

As revelações contidas na conversa dos ferreiros seriam capazes de mudar o rumo de muitas coisas em Bolshoi. No mínimo, provocariam uma intervenção da rainha Owl. O prefeito de uma miserável cidade aliara-se a *goblins* e só poderia estar trabalhando contra o reino. Aquilo significava alta traição.

Aurora se lembrou imediatamente dos cobradores de impostos causando tumulto no cais no dia anterior. Eles costumavam agredir os cidadãos de Bolshoi, tomando seus pertences, com a desculpa de que sabiam que pessoas trabalhavam contra o reino de Owl. Desonestos, os cafajestes sempre agiam daquela maneira, acusando pessoas inocentes dos crimes que eles mesmo cometiam. A menina se lembrou de ter visto Corvelho roubar o pão de um mendigo e gritar "pega ladrão" apontando para um garoto que passava correndo perto deles. O governo da cidade mantinha-se completamente corrompido, entregue nas mãos de bandidos, pessoas muito más, capazes de fazer coisas horrendas.

Por um instante, assim como Isabela, Aurora chegou a pensar que não deveriam ter iniciado aquela aventura e começou a se sentir culpada. O que poderia acontecer a ela e aos aqueônios, caso fossem descobertos? Aqueles homens da forja eram desconhecidos, brutos, quase selvagens. O que seriam capazes de fazer, se soubessem que eram observados?

Pedro mantinha-se seguro, lembrando que tinha a pena. Ele pensava que, enquanto a possuísse, tudo estaria sob controle.

Eles escutaram Ricarten soltar um arroto. Os gases do estômago do musculoso ferreiro saíram acompanhados de um pum.

Aurora e Pedro acharam graça; Isabela, achou nojento e continuou tremendo de medo com sua cauda encolhida.

Outro ruído distante foi ouvido. Nada de gases ou marteladas em bigornas, e sim o trote de cavalos. Um grosseiro e amplo carro de transporte de cargas se aproximava.

– Espero que não me faça perder tempo hoje – disse o cocheiro, assim que estacionou em frente à oficina.

Calado e sem fazer qualquer cumprimento, o ferreiro abrutalhado abriu duas portas laterais da oficina e o som de marteladas aumentou do lado de fora. Uma batucada quase ensurdecedora. Ele puxou com força duas correntes que prendiam uma esteira, então quatro balaios enormes que estavam sobre ela foram içados para fora. Ricarten colocou um a um no bagageiro do carro. O ferreiro era realmente muito forte.

Durante o carregamento, um objeto reluzente caiu de um dos sacos atingindo a pedra do pavimento e produzindo um clangor.

– Céus! – sussurrou Aurora, mas antes que pudesse dizer mais alguma coisa, viu sua boca tapada pela mão do amigo.

– Mais cuidado, seu troglodita – ordenou o guia do carro de transporte. – Percebe-se que você não fechou essa coisa adequadamente.

Ricarten lançou um olhar de ira para o cocheiro, mas se ateve a colocar a espada que caíra do balaio de volta no lote a que pertencia.

Com os olhos arregalados e o coração descompassado, Aurora, Pedro e Isabela viram que os contêineres estavam cheios de armas. Espadas, escudos, capacetes e até armaduras estavam sendo produzidos na Forja-Mestra e não seriam para o uso de soldados do reino, pois não continham a insígnia com a imagem da coruja, somente o desenho de um crânio de caveira em seu lugar. Destinavam-se a soldados das Terras de Ignor, um exército inimigo.

Com a mesma rapidez com que abertas, as portas laterais da ferraria foram trancadas. O carro partiu mais silencioso do que chegara, pois estava consideravelmente mais pesado.

Ricarten caminhou até os arbustos laterais e assoou o nariz, jogando a excreção quase em cima de Pedro. No mesmo instante, Isabela abafou um grito, de modo que soou semelhante a um soluço.

O ferreiro escutou o som e começou a investigar o mato a distância. Para o pavor da fada e de seus amigos, uma segunda figura, tão repugnante e forte quanto Ricarten, surgiu da vegetação atrás deles e riu.

– Você pretende assustar alguém? – perguntou o nojento ferreiro de avental e sem camisa.

– A latrina da oficina não está em condições de uso há um bom tempo – respondeu o outro trabalhador, que surgira como um fantasma.

– Então, use o mato nos fundos da oficina e jogue as fezes no rio. A coisa está começando a feder por aqui, Teobaldo.

– Desde quando você se incomoda com mau cheiro?

Ricarten ignorou o colega e começou a caminhar em direção à porta de entrada da ferraria.

Para infelicidade das crianças que bisbilhotavam, Teobaldo avançou pelo mato para chegar até o calçamento e esbarrou no aqueônio. Foi um instante tenso, que significou a perdição.

– Corram! – gritou Pedro para as meninas.

Antes que o aqueônio pudesse dizer qualquer outra coisa, Teobaldo agarrou-o pelas costas e tapou-lhe a boca.

Paralisadas de medo e em estado de choque, Aurora e Isabela sentiram as poderosas mãos de Ricarten segurá-las.

Os ferreiros levaram os três para dentro da oficina, segurando-os no ar, como animais a serem abatidos. Pedro se contorcia, agitava-se no colo de Teobaldo, mas em vão. Aurora e Isabela pendiam presas pela cintura, debaixo dos braços de Ricarten, uma de cada lado.

Quando a boca de Pedro ficou livre ele gritou: "Coloque-me no chão!"

O aqueônio percebeu que sua ordem não teve efeito. O ruído dentro da oficina era tão alto que impedia Teobaldo de escutar a voz de Pedro. Portanto, o poder da Pena de Emily foi anulado.

– Estou ordenando, solte-me agora, seu monstro! – gritava o aqueônio em vão.

O calor era insuportável. Três fornalhas estavam distribuídas pelo enorme salão da oficina. Metais incandescentes fluíam de caldeirões e eram trabalhados por homens suados e sem camisa. Um tanto de outros ferreiros batia com o martelo sobre peças sendo forjadas. Várias bigornas estavam espalhadas de um canto ao outro. Ninguém se incomodou com a entrada de Ricarten e Teobaldo, muito menos com os prisioneiros que eles traziam.

Diariamente surgiam novos pretendentes ao ofício de ferreiro. Alguns eram levados à força até a Forja-Mestra, quando a demanda de serviços crescia muito. Então, eram amarrados por um tempo num cômodo dos fundos até se "convencerem" a trabalhar como escravos naquele inferno.

Teobaldo puxou um pedaço de pano que pendia sobre uma das mesas ao longo do caminho e amarrou a boca de Pedro. O ferreiro não conseguia escutar o que o garoto gritava, mas se incomodou com seus berros manifestados, por isso o amordaçou.

Outro pedaço de pano foi rasgado e suas tiras serviram para amarrar as mãos da fada e dos aqueônios. Os três foram jogados no chão de um quarto escuro, não menos ruidoso que o salão central.

— Estavam nos espionando – disse Teobaldo.

O olhar curioso e maléfico de Ricarten cuspiu fúria na direção dos prisioneiros.

— Vamos aguardar Corvelho. São crianças, eles só podem ter vindo de Bolshoi. O cobrador saberá o que fazer com eles.

A sacola de Pedro foi revirada, mas o ferreiro só encontrou maçãs e peras dentro dela.

— Eles não apresentam ameaça. Deviam estar passeando pelo bosque.

— Escolheram o lugar errado, Teobaldo.

A porta dos fundos se abriu e iluminou o cômodo. Derik adentrou e ficou surpreso ao ver os aqueônios e a fada sentados no chão com as mãos amarradas nas costas.

— Eles estavam nos espionando – repetiu Ricarten para o colega que chegara. – Vamos deixar que Corvelho decida o que fazer com eles.

Derik lançou um sorriso malicioso e imoral na direção de Aurora. Um olhar lascivo, antes que os três trabalhadores retornassem para a área de forja.

— O que vai acontecer conosco? – perguntou Isabela, apavorada e com lágrimas nos olhos.

Pedro não conseguia dizer uma única palavra, pois estava amordaçado.

— Vamos conseguir sair dessa, Isabela. Só precisamos manter a calma.

A cauda do aqueônio se estendeu até sua boca, com o intuito de arrancar o tecido que o calava, mas Pedro preferiu não remover a mordaça. Suas palavras não fariam efeito algum naquele lugar, com barulho tão alto.

Os minutos que se passaram pareceram não ter fim para eles. Viam-se em um ambiente insalubre, fedorento e com pouca luz. As batidas dos martelos contra as bigornas do outro lado da parede aceleravam os batimentos cardíacos dos prisioneiros, aumentando a tensão em que se encontravam.

A fada percebeu que suas amarras estavam se afrouxando e dedicou-se a forçá-las ainda mais. Isabela, que estava a seu lado, esticou a cauda para ajudar a soltar a tira, não sem ficar sobressaltada a cada ruído diferente que escutava, vindo da porta por onde foram trazidos.

Pedro também tentava remover a tira que prendia seus membros.

O cheiro de mofo atestava a proliferação de fungos por todos os cantos daquele depósito, que mesmo no escuro evidenciava sua decadência.

Quando finalmente as mãos de Aurora ficaram livres, a porta por onde os ferreiros haviam saído se abriu vagarosamente.

Pedro se contorceu inutilmente. Isabela orientou com a cabeça para que a fada pegasse o gorro de seu irmão com a pena. Aurora compreendera o sinal que Pedro lhe fazia com o olhar, confirmando a orientação da aqueônia.

Derik surgiu silencioso pela fresta da porta, então, o ruído no cômodo que servia de prisão aumentou. Aurora logo percebeu que não conseguiria usar o poder do objeto em suas mãos. Não naquele lugar barulhento. Ela testemunhara o que ocorrera com Pedro durante o trajeto pelo salão central da ferraria.

Um sorriso devasso explodiu na face de Derik, que caminhou na direção de Aurora. Ele avançava dissoluto e determinado. Certamente seus colegas de trabalho não tinham conhecimento da visita que ele fazia aos prisioneiros; mesmo se tivessem, talvez não se importassem. Derik se mostrava interessado em conhecer melhor Aurora.

Quando o ferreiro, cheio de arrogância, avançou sobre a fada, esta se desvencilhou de seu atacante e correu para o outro lado do cômodo.

Derik ficou surpreso, mas não se intimidou. Alargou o sorriso e virou-se na direção dela. Ao dar o passo seguinte, tropeçou e caiu. Estava escuro demais para ele perceber que a cauda de Pedro lhe passara uma rasteira e que, no mesmo momento, Isabela o chicoteara nas nádegas.

O rude trabalhador da Forja-Mestra era acostumado a picadas de insetos e ratos, pois dormia no chão de um aposento frio do outro lado do edifício. Assim, não se importando com o que o atingira, prosseguiu em seu intento, determinado a agarrar a menina que ele perseguia.

A cauda de Pedro removeu a mordaça, e esta lhe caiu no pescoço. O aqueônio começou a gritar para que o ferreiro parasse, mas nada conseguiu. O ruído continuava muito alto e, mesmo que não continuasse, a pena agora não estava em seu poder.

Antes que o soberbo ferreiro conseguisse tocar a fada, uma luz alucinante iluminou a podridão e a perversidade do cômodo, cegando o homenzarrão temporariamente. Aurora escancarara a porta dos fundos, deixando a luz do sol invadir o lugar. Havia sangue seco espalhado por todo o piso. O cenário se assemelhava a um depósito de ossos, como em um açougue ou um abatedouro. Um horror.

Para surpresa de Pedro e Isabela, uma frase de ordem estava escrita na parede que fora iluminada: "Incendeie a forja".

Assim que os olhos de Derik leram aquelas palavras, seu comportamento se alterou por completo. Ele se virou e saiu pela porta por onde entrara, como se cumprindo ordens dadas por um general de guerra.

A frase fora escrita por Aurora com a Pena de Emily. Ela raciocinou bem. Se não era possível a ninguém escutar seu comando em meio aos sons de marteladas, crepitações e estrondos provenientes do ofício, eles seriam capazes de ler a mensagem escrita com a pena e obedecer.

Pedro libertou-se com agilidade, antes que Teobaldo surgisse sob o umbral da porta por onde Derik saíra. Este outro ferreiro ameaçou avançar, mas seus olhos foram conduzidos para a frase escrita pela fada na parede. Semelhante a seu companheiro, ele se voltou para a área de forja e começou a ajudar Derik a colocar fogo no galpão. Estava funcionando.

Quando Isabela foi desamarrada, os três fugitivos sentiram o cheiro forte de fumaça, ouviram gritos e perceberam que as marretadas começaram a cessar. Antes, porém, de correrem para a porta dos fundos, Ricarten entrou de modo selvagem no depósito onde eles se encontravam.

Aurora e Pedro apontaram para a escrita encantada na parede, mas, para surpresa deles, não aconteceu o esperado. O ferreiro avançou sobre eles com fúria e violenta malignidade. Ficou claro para todos que Ricarten não sabia ler. Quem poderia imaginar isso?

Como gazelas fugindo de seus predadores, os três amigos alcançaram o pátio atrás da oficina. Uma grande ravina cercava o lado oeste, obrigando-os a seguir na direção do capim pantanoso que se estendia a leste. Era uma área de igual mau cheiro, mas ventilada em relação ao interior da forja.

Colocando novamente na cabeça o gorro com a pena, com prudência, Pedro virou-se para Ricarten e gritou para que ele parasse. Mas o brutamontes não obedeceu.

– Além de analfabeto, ele também é surdo? – perguntou Aurora, sem parar de correr.

– Os ferreiros usam protetores antirruído para executar seu ofício. Para sorte desse aí e nossa infelicidade, ele se esqueceu de retirá-los ao sair da Forja-Mestra – respondeu Isabela, acompanhando o passo da fada e apontando para os equipamentos de proteção nas orelhas do troglodita.

Ricarten quebrava com os punhos tudo o que encontrava em seu caminho: galhos secos, troncos nodosos e pedaços de madeira. Por um instante, ele deu as costas aos fugitivos e contemplou o telhado da oficina desmoronar em chamas.

Não se ouvia mais o som característico da forja, apenas os estalos da estrutura ardendo em brasa e os gritos desesperados de seus colegas em fuga do outro lado da construção.

Num impulso de sobrevivência, Aurora pulou para dentro de uma canoa que encontrou às margens do rio que corria com certa turbulência nos fundos da Forja-Mestra. Isabela e Pedro seguiram a fada.

Em um canto da canoa havia um saco com objetos da ferraria, uma corda e um par de remos. Pedro tratou de pegá-los e remar com agilidade.

Quando já se distanciavam a uns sete metros à frente, ouviram o corpo massudo e pesado de Ricarten estourar num mergulho dentro da correnteza. O ferreiro afundou e não foi mais visto por eles.

A correnteza afastou-os da ferraria.

Pedro conduziu a canoa rio abaixo. Em pouco tempo, todos já suspiravam de alívio, embora os lábios de Isabela ainda tremessem. Estavam todos com fome e sem rumo. Sobressaltados, porém aliviados.

A pequena embarcação ganhou mais velocidade e o ambiente ficou silencioso. Os ânimos aos poucos se tornaram serenos, talvez por influência da calmaria do rio e da tranquilidade da paisagem, a qual exercia sobre eles um efeito desestressante.

– Precisamos voltar rápido para casa – apelou Isabela.

Pedro a encarou, largando os remos e aproximando-se dela, a fim de dar-lhe um abraço.

– Não podemos desistir de encontrar as varinhas agora que chegamos até aqui – disse o aqueônio.

– Quase morremos, Pedro.

– Isabela tem razão – interrompeu Aurora. – Se algo acontecesse a um de vocês, eu me sentiria culpada para o resto da vida.

Pedro balançou a cabeça negativamente. Não ignorava os riscos em que ele colocara a vida de todos, viajando até a Forja-Mestra. Contudo, também não conseguia admitir a desistência da busca que faziam ao Objeto de Poder.

Todos se conscientizavam dos perigos que enfrentaram. Por pouco não foram violentados, torturados ou mortos.

– Vocês não entendem? O ambiente da Forja-Mestra anulou o poder da pena. Não estamos mais lá – insistiu o aqueônio. – De agora em diante, eu poderei dar conta do que vier. Garanto que estaremos seguros.

– Nem mesmo uma pessoa capaz de prever o futuro pode garantir isso, Pedro. Que perigos inimagináveis nos aguardam, se não voltarmos para a cidade nesse instante? Isabela tem razão, precisamos retornar agora.

– Até quando você continuará agindo assim, Pedro? Desviando sua atenção das verdadeiras responsabilidades que tem. Desde quando o poder se tornou fonte de diversão para você?

A fada se entristeceu ao ouvir aquela admoestação. O aqueônio não ousou repreender sua irmã na frente de Aurora.

– Nós mentimos para nossos pais. Roubamos o cavalo de um viajante. Colocamos fogo numa construção com pessoas dentro – completou Isabela, desolada.

A correnteza havia diminuído, mas continuava levando a canoa, que deslizava graciosa e serena por sob os enormes galhos de árvores que se inclinavam sobre o rio, formando um túnel verde-vivo. Cruzavam uma região de estonteante beleza e generosa tranquilidade.

Os horrores da Forja-Mestra quase podiam ser esquecidos durante a contemplação daquela maravilhosa paisagem. Quando a cobertura vegetal sobre o rio ficou escassa, Aurora, Pedro e Isabela avistaram com deslumbramento o mar ao longe no horizonte à frente.

Várias cascatas graciosas desaguavam, em quedas vistosas, na Baía dos Murmúrios. Aves voavam sobre o precipício formado pelos rochedos e pousavam nas pedras do topo das cachoeiras. A garganta formada pelo mar era imensa e majestosa. Pelo menos três lagos enormes se formavam em níveis diferentes, desenhando verdadeiros degraus líquidos até chegarem ao nível do mar. Todos eram abastecidos por numerosas e pequenas cascatas.

A ponta do Farol de Brón pôde ser vista à esquerda dos navegantes. Eles ficaram hipnotizados por sua formosura e grandiosidade. Nada como ver as coisas por um ângulo diferente. Quase duvidavam de que fosse a mesma baía avistada do promontório da cidade de Bolshoi.

– Vocês ouviram a conversa entre os ferreiros. Não existe fantasma em Matresi – disse Pedro, tentando forçar uma justificativa para que prosseguissem até o Farol de Brón. – Pelo menos nenhum fantasma responsável pelos cadáveres boiando na praia.

– A maldade vai além do que imaginávamos – suspirou Aurora.

Se desistirmos de encontrar o Objeto de Poder das fadas, temos que, pelo menos, denunciar a traição do prefeito Jasper às autoridades do reino – completou Pedro, deixando a indignação sobressair no tom da voz.

Você tem certeza de que quer fazer isso? – perguntou a fada.

– Precisamos – respondeu Isabela. – Desta vez, papai terá que ceder.

– Vocês têm o apoio de sua mãe. E também o meu.

O vento começou a soprar mais forte e o som da arrebentação aumentou, indicando que se aproximavam de uma queda d'água. Precisavam parar a canoa, analisar os riscos e depois prosseguir. Esperavam retornar à cidade seguindo o curso do rio. Afinal, não era por aquele caminho que os corpos desovados nos fundos da ferraria chegavam à praia? Era para eles o caminho mais curto.

Pedro remou, conduzindo o barco para a margem esquerda. Havia um remanso que os permitiria parar e procurar algo para comer, descansar um pouco e planejar a descida pela via fluvial. Não deviam perder tempo, pois, dentro de poucas horas, anoiteceria.

A canoa se aproximou da margem juncosa, sobre a qual se estendiam árvores frondosas e altas. Para espanto de todos, uma visão estarrecedora se descortinou. Uma visão os fez estremecer tão terrivelmente quanto o vento noturno da baía durante o inverno. Aurora, Pedro e Isabela soltaram interjeições de espanto ao avistarem a imagem de um anjo.

No centro de uma desolada e ampla arena circular, com o piso a aproximadamente sete metros abaixo do nível do rio, a imponente, fantasmagórica e obliterada Estátua de Gabriel se erigia cercada por uma vegetação há muito tempo intocada.

– Céus! – admirou-se Pedro, boquiaberto.

– Me diga que eu não estou vendo isso – admirou-se Aurora.

– Encontramos o anjo que habita o Bosque da Solidão – confirmou Isabela.

GABRIEL

Quando Pedro remou na direção do muro de pedra que cercava a bacia onde a estátua fora construída, Aurora teve a sensação de estar entrando em um santuário. Um calafrio percorreu-lhe a espinha. Estavam chegando cada vez mais próximo do Objeto de Poder; portanto, da possibilidade de quebrar a maldição das fadas.

Curiosamente, naquele momento, Aurora se deu conta de que ainda mantinha a chita no meio das pernas, mas sequer podia sentir o tecido ali colocado. E, mesmo sem poder verificar, ela teve certeza de que o sangramento cessara por completo. Um sentimento bom inundou seu coração: o sentimento de que tudo estava prestes a se resolver, de que uma maldição, de fato, não poderia durar para sempre, assim como seu sangramento.

Eles avançaram, até aportar na beirada do muro que circundava a estátua. O topo do muro igualava-se ao nível da água, represando-a. O outro lado da retenção de pedras formava uma arena circular em nível inferior.

Encantada, a tripulação desembarcou e Pedro ancorou a canoa em um dos pilares que, num passado remoto, servira de sustentação dos maneis de cordas que ficavam dispostos ao longo do passadiço do muro, formando um corrimão.

Não havia palavras capazes de descrever a opulência de detalhes e riqueza arquitetônica da estátua de treze metros de altura e das paredes que formavam a arena. A gigantesca escultura estava de costas para eles, como que olhando para o Farol de Brón.

A Estátua de Gabriel era feita de mármore e ficava oculta da vista de exploradores devido à vegetação alta e densa que a circundava, além do desnível onde fora fixada. Apenas aqueles que se detivessem no remanso para o qual Pedro por acaso navegara, deixando o curso do rio, seriam capazes de perceber que havia algo monumental escondido naquele lugar.

No lado oposto onde eles se encontravam no dique, embora em ruínas, uma larga e elegante escada fora projetada para dar acesso à região acima da muralha vegetal oposta à bacia de pedra. De maneira estranha e ilógica os degraus começavam a quatro metros de altura da base da muralha, não chegavam até o chão. Não fazia sentido alguém descer ou subir por aquela escada; talvez ela servisse apenas para alguém se deter na metade do muro. Na extremidade superior da escada, via-se um parapeito de pedra, descorado, ressequido e proeminente.

Uma substância musgosa cobria praticamente toda a área de pedras esculpidas e assentadas que formavam a arena onde se encontrava Gabriel. Musgos e líquens também proliferavam sobre as passarelas suspensas, que terminavam no centro da arena, em torno da estátua. Muita vegetação rasteira cobria, ainda, a enigmática e sombria escada no meio do muro.

Esculpido em mármore, Gabriel vestia-se com um manto que se estendia até os tornozelos, calçava alpargatas amarradas por tiras e apontava a mão direita para o céu, com o braço estendido. O outro braço ficava retraído no nível da cintura e um pouco arqueado, com a mão aberta, espalmada para cima. A única coisa que confirmava sua identidade angelical era a tiara na cabeça.

Somente após exaustiva contemplação de febril estarrecimento foi que Aurora, recompondo-se, correu sobre o muro circular até a ponte à sua direita.

– Nós conseguimos! – exclamou.

Pedro e Isabela mantiveram o profuso sorriso que congelara em suas faces. Num ímpeto, seguiram a fada.

Talvez pelo torpor ocasionado pelo momento e pelo deslumbre daquela descoberta, não perceberam que uma figura gigante e perspicaz saía de dentro da água, próximo à canoa. Os garotos permaneciam tão distraídos que não notaram a companhia insidiosa que se ocultava por perto.

Era Ricarten.

O ferreiro não se afogara, nem fora deixado para trás. Sorrateiramente, ele seguiu a nado a embarcação, enquanto ela descia o rio. Certamente ele buscava vingança pela destruição da Forja-Mestra. O ferreiro não se preocupou em compreender como os prisioneiros haviam convencido Derik e Teobaldo a colocar fogo na oficina, mas tinha certeza de que a causa jazia sobre aqueles três pirralhos.

Em total silêncio, o musculoso ferreiro nadou na direção oposta à que os aqueônios e a fada seguiram, ocultando-se atrás dos juncos, até encontrar terra firme. Ele se aproximara da passarela oposta àquela para a qual correram os fugitivos, enlevados pela beleza mística do lugar. Ricarten levou a mão na cintura e tocou o martelo que sempre levava consigo. Do outro lado do cinto, também tinha um punhal afiado, acomodado dentro da bainha. Então, começou a estudar a melhor maneira de pegar suas presas.

– A passarela suspensa termina no joelho da estátua – observou a fada, após percorrer a do lado leste, encarando a parede de mármore formada pelo manto do anjo que a impedia de prosseguir.

– Olhem lá embaixo! – apontou Isabela.

Todos constataram a presença de degraus que começavam desde o calcanhar da escultura até suas costas. Entretanto, não conseguiam chegar até nenhum deles do local onde se encontravam, no final do passadiço elevado que terminava junto ao corpo da estátua.

– Precisamos descer se quisermos subir – comentou Pedro.

Aurora retornou pela ponte até o muro e investigou com o olhar toda a circunferência da bacia que formava a arena. Ela deteve os olhos na espantosa escada que terminava no meio da parede, aproximadamente, na mesma altura do topo do muro de pedras.

– Não existe escada que nos leve até o piso. Precisaríamos de uma corda para descer – concluiu a fada.

Intrigados, Pedro e Isabela caminharam na direção de Aurora.

– Nada faz sentido neste lugar – exclamou a aqueônia, confusa.

– Acho que tenho uma solução – revelou Pedro. – Esses pilares. Eles parecem ter servido de sustentação a algum tipo de corrimão no passado. Olhem essa parte destruída! – apontou para um bloco de pedra ruinoso no topo do muro. – Isa, se eu me segurar num destes pilares e travar a ponta da minha cauda com a ponta da sua, você conseguirá chegar até a altura do bloco de pedra que se encontra bem ali embaixo. Então, Aurora poderá descer segurando minha cauda e apoiando o pé na sua.

– E você? – perguntou a fada.

Os três pensaram por um momento, encararam-se e, por fim, o aqueônio respondeu:

– Eu ficarei aqui para que possa ajudá-las a subir, quando estiverem com o Objeto de Poder em mãos – respondeu Pedro, sem saber ao certo se seu plano funcionaria.

Aurora sentia-se emocionada. Passara sua vida lendo e relendo a história de Lilibeth, pensando nas varinhas mágicas, em algum meio para encontrá-las, e agora tudo estava acontecendo. Em seu coração, a fada teve a certeza de que a descoberta do Objeto fabricado por Lilibeth a livraria de toda maldição. E assim, poderia manifestar seu amor ao irmão de Isabela, retribuindo todo o carinho e atenção que ele demonstrava a ela. E a vida de Pedro não correria perigo. O fim de toda maldade espiritual, posta sobre a vida das mulheres encantadas, ia chegando ao fim.

– Obrigada, Pedro. Obrigada, Isa – agradeceu ela. – Eu sinto muito por envolvê-los em tudo isso.

Ela lançou um olhar amável para o aqueônio e, voltando-se para Isabela, disse:

– Você tem sido mais amiga que uma irmã poderia ser para mim.

Pedro gostou de ouvir aquela declaração. A gratidão expressa por Aurora deixava-o ainda mais feliz e seguro em relação ao que ele sentia por ela. Isabela ficou comovida, chegando a pensar que fora estúpida com Aurora, algumas vezes, naqueles poucos, mas intensos dias que passavam juntas.

A partir daquele instante, Aurora, Pedro e Isabela passaram a agir com mais determinação e união. Viam-se dirigidos por um sentimento de certeza e coragem, por uma sensação segura de intimidade com algo que haviam acabado de descobrir, guiados por uma voz interior que lhes dizia apenas para avançar.

Como elos de uma corrente, a ponta das caudas dos irmãos se uniram. Pedro se segurou firme ao pilar oblongo da ruína arquitetada por Lilibeth e permitiu que Isabela descesse. Com suas caudas totalmente esticadas, os pés da menina conseguiram tocar o bloco de pedra caído no fundo da arena.

Depois foi a vez de Aurora. A fada segurou com as duas mãos a ponta da cauda de Pedro e desceu vagarosamente até a metade do muro, depois se esticou, apoiando os pés na ponta da cauda de Isabela.

– Você vai aguentar? – perguntou a fada, referindo-se ao peso de seu próprio corpo.

– Apenas acredite, Aurora – respondeu Isabela, rindo.

E, em poucos segundos, já estavam juntas no fundo do dique.

De longe, Ricarten observava tudo, sem saber o que eles pretendiam fazer naquele lugar. Ele também ficara atônito com a visão que tivera da estátua, mas em sua selvageria e brutalidade, fixara a atenção naqueles que considerava seus inimigos.

O ferreiro percebera que não havia como as meninas retornarem sem a ajuda do garoto que ficara no alto do muro, aguardando-as. Desse modo, começou a se arrastar, escondido, retornando agora na direção das crianças. Pedro passou a ser o seu alvo. Depois ele decidiria o que fazer com as garotas. De qualquer maneira, atacando o aqueônio, elas ficariam presas na arena que resguardava a estátua do anjo e não teriam como subir sem ajuda.

– Isso é mágico – suspirou Isabela, quando se aproximou dos pés do monumento. – Você primeiro.

Aurora apertou o pingente em forma de coração que pendia no pescoço, confirmando que ele continuava lá. Pisou o primeiro degrau curto de uma escada extremamente inclinada. Era preciso segurar nos degraus acima e tombar o corpo para frente para ter equilíbrio, evitando uma queda desastrosa.

Era necessária também muita concentração durante a subida que parecia mais uma escalada, pois os degraus formavam uma escada semelhante à de marinheiro. Isabela seguiu Aurora com mais segurança que esta, uma vez que possuía a cauda como membro adicional para lhe proporcionar estabilidade e amparo.

Cada ressalto fora esculpido de tal maneira que, de longe, se confundia com os relevos da túnica de Gabriel. Durante o trajeto, Isabela confirmou ser impossível saltar de qualquer dos degraus para as passarelas laterais que conectavam o muro à escultura. Tudo fora muito bem projetado para impedir que uma pessoa retornasse à parte superior do muro sem que precisasse utilizar uma corda. Se Pedro não estivesse aguardando por elas lá em cima, aquele dique poderia significar uma prisão.

A essa altura da jornada, impressionados com a Estátua de Gabriel, era impossível desistir da busca ao Objeto, seduzidos pelos mistérios da descoberta.

Na altura das costas da estátua, as meninas encontraram uma saliência plana onde puderam colocar os pés bem próximos e sentirem-se seguras. Havia estruturas em forma de alça onde elas puderam se segurar com firmeza. Bem no centro, entre tais estruturas, elas avistaram uma depressão diminuta em forma de coração.

Contagiada por uma alegria indescritível, Aurora sorriu para Isabela.

Os aqueônios estavam certos o tempo todo. A canção de Lilibeth apontava para a localização exata daquele lugar e o colar com o pingente revelava-se a chave para encaixar naquela cavidade singular.

Com cuidado, a fada retirou o colar do pescoço e olhou para Isabela. Procurou Pedro, acenou para ele efusivamente como um corredor ao ganhar a competição acenaria para os espectadores da corrida e, por fim, encaixou o pingente em forma de coração na fechadura.

Concomitantemente à ação de Aurora, Isabela avistou uma sombra maléfica e ameaçadora sair do mato em direção a Pedro. Primeiro ela gritou, só então identificou Ricarten empunhando seu martelo em uma mão e uma arma de corte na outra.

– Pedroooo, atrás de você!

O aqueônio foi pego de surpresa, mas conseguiu se desviar do primeiro golpe desferido contra ele.

O longo e forte braço do ferreiro riscou o ar outras duas vezes, como um compasso fazendo e refazendo um semicírculo. As duas mãos moviam-se ágeis. Uma delas acertou o pilar com o martelo, quebrando-o em mil pedaços.

Ricarten avançava mais rápido do que qualquer recuo que Pedro pudesse executar, até que, finalmente, o punhal acertou de raspão o braço esquerdo do aqueônio, fazendo-o sangrar. Com um reflexo, o aqueônio enrolou a cauda na panturrilha do grotesco e raivoso homem, tentando impedir uma queda para dentro da arena, mas era tarde demais.

Apavoradas, Aurora e Isabela assistiram, aos gritos, Pedro cair do muro e puxar Ricarten junto com ele. O ferreiro soltou o punhal, que ficou sobre o muro, mas ainda segurava o martelo. Com uma das mãos vazia, agarrou-se durante poucos segundos na beirada da edificação, tentando evitar a própria queda, mas os dedos deslizaram e os dois foram abaixo. Isso, por sorte, amenizou a queda do aqueônio.

Ricarten tratou de prender novamente seu inseparável martelo à cintura, antes de poder avançar no corpo a corpo contra o garoto.

– Pare! – conseguiu gritar o aqueônio, antes que seu rival pudesse se levantar.

A MALDIÇÃO DAS FADAS

Confuso, Ricarten obedeceu, permanecendo imóvel. Ele não usava mais os protetores auriculares. Entretanto, um segundo evento voltou a aterrorizar o garoto. E também Aurora e Isabela. Sentiu-se um leve tremor no chão. Em seguida, parecia que toda a terra se agitava.

O que estaria acontecendo?

A fada olhou para o pingente encaixado na fenda esculpida. Ele emitia um brilho diferente. Na verdade, um brilho sobrenatural e que somente ela conseguia enxergar. Logo perceberam que era a estátua que se agitava.

Aurora e Isabela se seguraram com mais força para não cair. Ambas constataram que as passarelas laterais que ligavam o topo do muro ao corpo da estátua começavam a ruir.

– Pedro, cuidado! – gritou Aurora.

O aqueônio se desviou da chuva de pedras que começava a cair das estruturas que se desfaziam. Ele correu para a única direção que oferecia esperança de proteção: a escada íngreme aos pés da Estátua de Gabriel por onde sua irmã e Aurora haviam subido. E se pôs a escalá-la de modo frenético.

Embora o sangramento fosse pequeno, seu braço doía, o que dificultava a subida. Sua cauda, porém, ajudou bastante.

Inesperadamente, Pedro sentiu a estátua se inclinar um pouco para frente, tornando mais fácil sua chegada até o local onde as meninas se encontravam. Então, a gigantesca escultura tombou mais um pouco, e depois outro tanto até a mão direita de Gabriel, que se estendia para cima, atingir as árvores crescidas no topo do muro que a circundava. A cabeça do monumento se esfacelou com violência no primeiro degrau da estranha escada que começava no meio da parede da muralha. Agora o corpo de Gabriel estava na horizontal, de rosto para baixo, e os aventureiros sobre suas costas.

Mesmo com a adrenalina elevada e o coração palpitando, Pedro e Isabela permaneceram deslumbrados ao contemplarem o motivo pelo qual aqueles degraus não começavam no piso da arena, mas no meio do muro. Com a queda da estátua, uma rota de fuga fora criada, um caminho que os conduzia para fora da prisão que o dique se tornara.

Outro brilho sobrenatural eclodiu vindo do que sobrara da cabeça da escultura. Aurora correu em sua direção. Ela estava convicta de que encontrara, finalmente, o Objeto de Poder das fadas e só tinha olhos para seu achado.

A passarela, a montante da reentrância do rio, à esquerda da estátua, ruiu completamente. No local onde ela anteriormente se conectava com o muro, formou-se um buraco de onde começou a jorrar água com violência incontrolável. O rio inundava a arena como uma represa que se rompesse.

Ricarten foi pego de surpresa pela torrente que avançou com impetuosas e traiçoeiras ondas em todas as direções. O ferreiro afundou várias vezes, bebendo um bocado de água, o que o fez sair do estado de letargia em que fora colocado pelo comando de "pare", dado por Pedro. O brutamontes começou a lutar por sua vida, para não morrer afogado.

– As varinhas! – exclamou Aurora, abaixando-se para pegar os objetos cilíndricos, finos e compridos, de dentro da cabeça rachada da estátua.

– Conseguimos! – festejou Isabela.

Pedro abanou a cauda e levantou as sobrancelhas manifestando sua alegria.

– Precisamos sair daqui agora. A água está subindo – orientou o aqueônio.

A água continuava a fluir do buraco feito no lado oeste do muro. De fato, a bacia de pedra cada vez mais se enchia, formando uma arena mortal. Eles não poderiam correr o risco de ficar sobre o que restara da escultura. Precisavam dar o fora daquele lugar.

Mas, quando faltavam cerca de dois metros de altura para a água transbordar do perímetro da arena, outro fato aconteceu. O muro localizado a leste da passarela também ruiu, abrindo um buraco oposto ao primeiro, e a água começou a escoar por ele, como por um ralo.

Aurora, Pedro e Isabela pularam para os degraus da escada de pedra construída na amurada. O que restara da Estátua de Gabriel foi, aos poucos, empurrado pela força da correnteza circular. O lado onde ficava a cabeça da escultura afundou na piscina que se formara, aumentando a violência da correnteza.

– Socorro!

Um grito abafado assustou Aurora. A fada abraçou as varetas de madeira que segurava, com medo de perdê-las. Pedro foi o primeiro a ver Ricarten agarrado às pedras na borda superior do buraco aberto por onde a água escorria da bacia.

– É o ferreiro! – assustou-se Isabela.

O aqueônio segurou um riso. Seu braço ainda doía muito pela ferida, portanto, ver aquela cena lhe dava prazer. Os ventos tinham mudado, e agora era seu adversário que corria perigo.

– Socorro! Alguém me ajude!

As palavras do miserável homem saíam entrecortadas, misturadas com golfadas de água, indicando que ele não suportaria segurar-se por muito tempo. Ricarten já não parecia mais aquele forte e inabalável homem violento que os perseguira.

– Precisamos fazer algo para salvá-lo – disse a fada.

Pedro não quis acreditar no que ouvira. Talvez acreditasse, se fosse sua irmã falando, mas não Aurora, por quem nutria um sentimento de tamanha reverência e amorosa servidão.

– Ele tentou me matar, Aurora. Ele mataria a todos nós se tivesse tido a oportunidade – desculpou-se o aqueônio, pretendendo dizer que não faria nada para ajudá-lo.

Um dos braços do ferreiro se soltou e sua cabeça ficou submersa. Isabela soltou um grito de horror, pensando que assistiria à morte do brutamontes.

Apavorado, com os bíceps retesados e cheio de veias se sobressaindo, Ricarten alcançou outro ponto saliente na abertura por onde a água fluía com ímpeto e ferocidade, recobrou o fôlego e gritou novamente por socorro. Parecia seu fim.

– Temos que fazer algo, Pedro! Não podemos deixar mais um corpo chegar sem vida ao Porto da Serpente – insistiu a fada, subindo alguns degraus da escada e passando por cima da estrutura que a separava do largo muro circular.

Pedro foi constrangido pela atitude de Aurora.

– Não podemos deixá-lo assim. Ele não tem chance alguma de escapar vivo – declarou Isabela, aflita.

– Isso não é da nossa conta, Isabela – respondeu o irmão, entre dentes.

A culpa que o aqueônio sentiu pela frieza contida em suas palavras foi intensificada pela declaração repetida da irmã.

– Não podemos deixá-lo morrer.

– Ele não sobreviverá à queda d'água que existe do outro lado do muro. Precisamos salvá-lo, Pedro – reforçou a fada.

Pedro estava resoluto em não ajudar o ferreiro, embora seu coração fraquejasse diante do pedido de Aurora.

– Pagar o mal com o mal. Não foi isso que nossos pais nos ensinaram – bramiu a aqueônia desesperada com a atitude insensível do irmão.

— O que ele tentou fazer contra nós não nos tira a responsabilidade de salvá-lo desta vez.

— Ele me feriu... — Pedro sussurrou, como se falasse para si.

— E agora você está salvo e ele em apuros. Isso não é o suficiente para lhe mostrar que fazer o mal não compensa? Então, façamos o que deve ser feito.

— Isso não está correto — insistiu Pedro.

— Ajudar alguém, mesmo nossos inimigos, sempre será o correto a fazer, Pedro. Eu o conheço bem. No fundo, você não deseja a morte do ferreiro... Venha!

As palavras de consolo e encorajamento de Isabela não pareceram sensibilizar o coração ou a consciência do irmão. Ele continuava irredutível quanto a salvar o homem que se afogava.

— Por favor, Pedro! — gritou Aurora a distância — Se você me ama, então, pelo menos faça isso por mim, por nosso amor.

De repente, um corvo grasnou no meio da mata. A fada sentiu um arrepio e, ao procurar a ave, encontrou-a empoleirada no alto de uma árvore à sua direita.

Apenas Aurora foi capaz de ver o corvo, porém ainda não sabia que aquela aparição era exclusivamente para ela e que manifestava o poder da maldição desperto em sua vida. Seu dom de vidência ia se desenvolvendo aos poucos. Infelizmente, não lhe trazia avisos ou sinais que ela desejasse receber.

Em questão de segundos, o corvo se jogou no ar, esvoaçou próximo da cabeça do aqueônio e depois desapareceu no céu seguindo em direção à cidade fantasma de Matresi. O sentimento da fada foi de um presságio de morte, como se o funeral de Pedro se anunciasse, logo após seu pedido para que ele agisse em nome da afeição que nutria em relação a ela, pelo "nosso amor".

Existem muitas maneiras de dizer "eu te amo". De alguma forma, aquilo representara uma declaração. Ou, ao menos, um pedido em nome desse amor.

Por quanto tempo é possível dominar aquilo que sentimos em relação a alguém? Como esconder sob o rótulo de amizade uma genuína paixão? Como não se encantar e não se declarar para uma pessoa fabulosa e cheia de amor demonstrado em forma de zelo?

Aurora tentara não se pronunciar em relação ao que sentia verdadeiramente por Pedro. Não havia feito qualquer declaração verbal direta em relação àquele puro e lindo sentimento que nutria por ele, mas reivindicara seu amor mediante um pedido, e isso fora suficiente para desencadear o poder da maldição sobre sua vida.

A fada abraçou ainda mais as varinhas em suas mãos. Se o Objeto de Poder fosse a cura para seu maldito castigo espiritual hereditário – e ela passou a acreditar fortemente nisso –, por que, então, a aparição daquele corvo? Logo no instante em que ela suplicara a Pedro um favor em nome de seu amor por ele?

– Eu não estou fazendo isso por mim – disse o aqueônio, assim que passou pela fada. – Estou fazendo por você, por nós.

Aurora escutou novamente, agora ao longe, o gralhar da ave de rapina. E sentiu muito medo do que poderia acontecer com Pedro.

Duas certezas assentaram-se no coração de Aurora: primeira, independentemente do que fossem, as varetas em suas mãos não eram o Objeto de Poder que procuravam; segunda, a vida do aqueônio seguia com seus dias contados. Quem sabe, com suas horas contadas.

DECIFRA-ME

O amor venceu o ódio no coração de Pedro. O mesmo amor o colocou sob uma maldição.

– Precisamos agir rápido, se quisermos salvá-lo! – disse o garoto, agora decidido, totalmente transformado, olhando para Aurora, com firmeza e com um leve sorriso nos lábios.

Isabela observava os poucos metros da correnteza existente do outro lado do muro antes da cascata se formar. A força da água arrastara parte da vegetação que antes existia naquele local, expondo o precipício logo à frente. Apenas algumas árvores com troncos mais hirtos e grossos permaneciam soberbas no caminho, desafiando a torrente. Resgatar Ricarten seria uma tarefa perigosa.

Ágil como um símio – outra característica própria dos aqueônios –, o garoto saltou sobre os galhos firmes da vegetação escassa daquela perigosa região inundada e abaixou-se até seus olhos alcançarem a imagem debilitada do ferreiro, através do buraco feito na muralha.

– Segure a cauda de Pedro! – orientou Isabela, gritando, enquanto sua própria cauda ajudava a indicar a direção para a qual o troglodita deveria olhar.

Visivelmente abatido, com as forças quase exauridas, Ricarten fez um tremendo esforço para virar a cabeça e ver o aqueônio do outro lado da abertura sob o muro. A turbulência da água quase o impedia de enxergar seu salva-vidas, mas ele compreendeu o que precisava fazer. Era arriscado, mas a única chance de sair vivo daquela situação.

A ponta da cauda de Pedro quase alcançou os pés do ferreiro que balançavam, agitados pela correnteza, ultrapassando o túnel formado sob o piso do muro.

Ricarten soltou as mãos, batendo os braços e procurando boiar. Pedro controlou com precisão os movimentos de sua cauda e o ferreiro conseguiu alcançá-la quando foi levado pelas águas. A ação, que durou segundos, colocou o coração de todos em descompasso. Soltaram um suspiro de alívio ao perceberem que o ferreiro estava seguro, embora ainda à mercê da correnteza.

O aqueônio jamais conseguiria içar um homem daquele tamanho e peso até o alto do muro. Na água, porém, as coisas ficaram mais fáceis. Ricarten segurou a ponta da cauda de Pedro com uma das mãos e deu braçadas com a outra até conseguir nadar e se firmar entre dois troncos que avaliou estarem firmes.

De cima do muro, Isabela festejou. Desta vez, saltando e sorrindo.

Aurora também sorriu, mas seus pensamentos não mais se focavam em Pedro e Ricarten. Não diretamente. A fada refletia sobre os objetos que trazia nas mãos, sobre o corvo que vira e sobre as decisões que deveria tomar.

Ajudando-se mutuamente, Pedro e Ricarten retornaram para o topo do muro. Agora não mais como inimigos. A atitude do aqueônio mudara a relação entre eles. Havia gratidão no olhar do ferreiro e, nos olhos de Pedro, nenhum rancor pelas atitudes do brutamontes.

Aurora, Pedro e Isabela ouviram o ferreiro agradecer e olhar de volta para o precipício no qual seu corpo cairia.

– Obrigado.

– Você se chama Ricarten, não é? – perguntou Isabela, fazendo as devidas apresentações – Pedro é meu irmão e esta é Aurora. Nós somos amigos, acredite. Jamais desejamos o que aconteceu à ferraria onde você trabalhava. Queríamos apenas ficar livres e prosseguir em nossa jornada – explicou, justificando-se, sem entrar em detalhes sobre o ocorrido.

– Que bom que todos estamos seguros agora – disse Aurora, ainda confusa. – Não podemos mais olhar para trás.

Então, ela abriu as mãos e mostrou a todos as varinhas mágicas de Lilibeth.

– Conseguimos – comemorou Isabela.

– Eu não sei como dizer isso, mas... este não é o Objeto de Poder do meu povo.

A palidez do ferreiro não foi menor que a do rosto de Pedro e de sua irmã. Todos pareciam confusos. Haviam passado por inúmeros perigos para chegarem até ali. O que significava aquilo, afinal? O que Aurora queria dizer? Outro enigma de Lilibeth?

– Como assim? – indagou Pedro, perplexo.

A fada voltou-se para o leste e contemplou, imóvel e taciturna, o Farol de Brón.

– A canção indica o caminho para encontrarmos o Objeto que procuramos e ela deve ser interpretada do final para o começo.

As palavras de Aurora ecoaram forte, ainda que ditas em baixo tom. Então, ela prosseguiu dizendo:

— Na terceira estrofe, Lilibeth nos mostrou que o pingente era a chave para abrir a urna. Na segunda parte da canção, ela nos orientou a procurar o anjo. E nós simplesmente ignoramos a primeira estrofe da música...

— Mas nós encontramos a rua calçada com pedras da qual ela falou. É a rua da ferraria que conduz à entrada da cidade de Matresi.

— Não! Não pode ser, Isabela. Lilibeth diz que se a rua fosse dela, ela seria ladrilhada com pedras de brilhante. A rua de Lilibeth, o caminho único para se chegar ao Objeto, deve brilhar, emitir luz. Aquela era com certeza uma rua de pedras, mas não havia luminosidade alguma por lá.

— Aurora pode estar certa — defendeu Pedro. — O enigma está dividido em etapas. E elas foram apresentadas de trás para a frente. É bem provável que ele ainda não tenha sido totalmente resolvido.

— Eu estou certa, Pedro. As visões e o discernimento em minha mente estão cada vez mais fortes e claros — afirmou a fada.

— Então, o que são essas varetas em suas mãos? — perguntou a aqueônia, incrédula.

Com melancolia, Aurora respondeu olhando novamente para o farol e pensando nos riscos que a vida de Pedro corria por causa da maldição que agora pairava sobre sua cabeça.

— Eu ainda não sei, Isabela. Provavelmente, tudo isso fazia parte do plano de Lilibeth para evitar que o Objeto caísse em mãos erradas.

— E onde, afinal, ele se encontra?

— Talvez no lugar mais óbvio: no Farol de Brón — respondeu a fada.

Todos os olhares se voltaram para a velha e arruinada construção na ponta do promontório. O som das cataratas ao redor de toda a Baía dos Murmúrios preencheu o silêncio que se seguiu.

— De onde você tirou todas essas ideias de uma hora para outra?

– Acredito que seja a Visão, Isabela. E nunca tive tanta convicção antes sobre alguma coisa – Aurora lembrou-se de sua primeira menstruação e de que ela cessara, de tudo o que falara sobre o pai de Henry, sobre a voz sussurrada em seus ouvidos na noite de seu aniversário, dizendo que a canção era um enigma e do corvo grasnando minutos atrás. Certamente, a Visão das fadas havia chegado para ela, mas somente naquele momento ela se deu conta e teve certeza absoluta do fato.

Houve respeitoso silêncio e a fada continuou a falar.

– A Visão me alcançou e não me pergunte como funciona, pois eu ainda pouco sei sobre tudo isso. Apenas comecei a ver certas coisas e ter certezas inabaláveis, o que antes não tinha. Vocês viram um corvo voando naquela direção?

Todos balançaram a cabeça negativamente.

– Isso prova muitas coisas para mim – concluiu Aurora.

O desejo dos ouvintes era de colocar em palavras as dúvidas que eles mantinham sobre a Visão. Contudo, não podiam questionar algo que, para a fada, era tão sagrado e esperado, mesmo que ainda pouco conhecido.

– Precisamos ir embora daqui – murmurou a aqueônia, quase exigindo que o seu desejo se transformasse em uma ordem.

– Vocês precisam retornar para Bolshoi. Podem descer o rio com a canoa. Eu seguirei para Matresi – revelou Aurora, ainda hipnotizada pela imagem imponente do farol ao longe sobre as brumas. – Preciso terminar o que comecei.

– É perigoso demais, Aurora. Temos que voltar juntos para Bolshoi. Dentro de pouco tempo não haverá mais a luz do sol e tudo será escuridão desse lado da baía.

– Realmente não dispomos de tempo, Pedro – respondeu a fada, pensando na vida do amado, sem que ele soubesse. – Eu agradeço tudo o que vocês fizeram por mim, mas não posso envolvê-los ainda mais nesta busca pessoal. Vocês precisam voltar e deixar-me seguir.

– De forma alguma! Estaríamos deixando você partir para a morte certa. Matresi é um mistério, é assombrada. Dizem que é um lugar que oculta muitos perigos – avisou o aqueônio.

– Minutos atrás, a conclusão a que chegamos era a de que não existiam assombrações em Matresi e que os corpos na baía vinham unicamente da forja. Mas agora, para justificar sua companhia junto com Aurora, você quer que acreditemos que aquela cidade é mesmo perigosa, Pedro!

– Pare, Isabela. Não deixarei ela ir sozinha.

– Eu posso conduzi-la com segurança até o farol, se me permitir.

A humilde intromissão de Ricarten, aparentemente sincera e honesta, cortou como frio aço a discussão entre Pedro e Isabela, fazendo-os se lembrar da presença do ferreiro. Os aqueônios haviam mentido para seus pais, deixado os limites da cidade de Bolshoi e usado o poder da pena de maneira inconsequente. Quase morreram por isso. Não concebiam continuar com aquela imprevisível viagem rumo ao desconhecido. Por outro lado, também não conseguiam imaginar a amável fada seguindo sozinha, ou pior, na companhia daquele estranho ferreiro que antes os perseguira, mas agora parecia querer ajudá-los.

Os olhos de Aurora encararam Ricarten.

– Você faria isso por mim? Seria capaz de me conduzir até Matresi?

– Não, Aurora – interveio Isabela.

– Você sequer pestanejou, quando decidiu que deveriam me salvar – respondeu o abrutalhado ferreiro, ignorando a vontade dos aqueônios. – Para mim, isso é suficiente para eu dizer que tenho uma dívida com você.

– Obrigada, Ricarten.

Uma pontada de ciúmes deixou sombrio o semblante de Pedro. Mesmo achando inconcebível a fada desenvolver, em relação ao ferreiro, um amor semelhante ao que eles estavam vivendo. Pedro não conseguia esconder o desejo de exclusividade sobre a afeição de Aurora. Não seria isso também outro sinal da paixão?

– Eu já meti vocês em muita confusão no dia de hoje e não sei como o senhor Kesler e dona Virgínia irão me enxergar depois de tudo isso – disse, voltando-se para os aqueônios. – Se eu consegui chegar até aqui, foi por causa da amizade de vocês – apontou para as varetas em suas mãos. – Tenho fortes motivos para seguir com urgência para Matresi. Algo terrível pode acontecer em breve, temo não haver tempo suficiente para evitar o que está por vir.

– Sobre o que você está falando, Aurora? – indagou Isabela, confusa e curiosa. – O que está por vir?

– Começamos isso juntos e de repente parece que você está nos dispensando – argumentou Pedro.

Atordoada, Aurora decidiu que nada devia revelar sobre o prenúncio da morte de Pedro, pois acreditava na chance de quebrar a maldição antes que ela se concretizasse.

– Mesmo considerando as revelações que você possa estar recebendo, vamos seguir juntos – sentenciou o aqueônio, como se soubesse da verdade.

Mesmo querendo protestar contra a decisão do irmão, Isabela preferiu calar-se. Deixar Aurora seguir sozinha com o ferreiro rumo à cidade fantasma também estava fora de cogitação para ela.

– Eu não sei o que vocês pretendem encontrar em Matresi, mas, se quiserem escapar dos perigos e assombros noturnos da cidade, é melhor partirmos logo – disse Ricarten, prestimoso e alerta.

Minutos após as decisões serem tomadas, a contragosto de alguns, todos se encontravam dentro da canoa, agora remada pelo ferreiro.

O rio descia com inclinação cada vez mais acentuada, mas Ricarten sabia que era um dos poucos desaguadouros que não possuía uma queda de água abrupta. O sinuoso percurso fluvial era o jeito mais seguro de se chegar ao mar, e isso aconteceu quase uma hora após terem subido na pequena embarcação.

Ricarten remava com determinação, como que movido por uma causa própria. Assim, a travessia da baía ocorreu mais rápido do que eles poderiam imaginar.

– Por que está fazendo isso por nós? – perguntou Pedro ao ferreiro, mesmo já tendo escutado a resposta dele para Aurora.

– Vocês salvaram minha vida, mesmo sabendo que eu não faria o mesmo por vocês.

Isabela olhou para Aurora e depois para Pedro.

– Isso é suficiente? – perguntou a aqueônia – Suficiente para fazer alguém mudar suas intenções de uma hora para outra?

No fundo, os aqueônios procuravam uma maneira de persuadir a fada a retornar para a cidade. E nada melhor do que fazê-la duvidar dos propósitos de Ricarten em querer ajudá-la.

– Alguém já entregou a própria vida para salvar a sua? – perguntou o ferreiro enquanto remava.

– Não – respondeu Isabela.

– Então, você não sabe do que está falando. E não adiantaria eu ficar tentando explicar.

Aurora sorriu.

– Eu estava cansado da vida que levava na Forja-Mestra. Eu sou da cidade de Anacron, trinta quilômetros para o norte. Uma cidade cheia de misérias... Um dia, me ofereceram um trabalho que pagava bem mais do que eu recebia em minha cidade, por isso aceitei o emprego. Isso não significa que eu gostasse dele.

– O que faziam por lá? Fabricavam armas, não é? – perguntou Pedro.

A canoa ia conduzida em direção a uma estrutura portuária no lado norte da baía. Do outro lado, podia-se ver o Porto da Serpente.

– Fabricávamos o que um verdadeiro ferreiro mais gosta de produzir: armaduras, espadas, elmos... sim, armas.

– Mas nosso reino está em paz. Para que, então, todas aquelas armas?

– Para que a paz exista, garoto, deve-se haver constante vigilância, nunca ouviu isso? Não se engane, o Reino de Enigma possui muitos inimigos ardilosos. Não estamos em guerra declarada, mas também não estamos em paz – Ricarten tomou fôlego, deu duas braçadas com os remos e confessou o que todos já suspeitavam. – O armamento fabricado na Forja-Mestra não era para suprir os exércitos da rainha Owl. Durante muitos meses, vínhamos forjando armas para um exército da Terra de Ignor. Eles estão alinhados com os *goblins* do sul de Enigma e possuem espiões por toda a região.

O vento pareceu soprar mais frio e forte. Pedro encarou Ricarten com dúvida, e Isabela ficou tensa ao ouvir aquela constatação. Aurora mantinha-se absorta, observando o Farol de Brón, do qual se aproximavam.

– Durante muito tempo você vem trabalhando para os inimigos do seu próprio reino, executando um serviço terrível e traiçoeiro. Mesmo que tenhamos salvado sua vida, não acredito que isso seja suficiente para confiarmos em você – disse Pedro, levando a mão até o corte feito pelo ferreiro em seu braço.

– Você nunca passou fome, não é, garoto? Por isso tudo é preto no branco para você, certo ou errado!

Pedro engoliu em seco.

— Eu tenho força e vigor, um conhecimento profundo e especializado sobre tudo o que diz respeito a forjar metais. Do que adianta tudo isso a uma pessoa, se arrancam dela as condições básicas para sua sobrevivência? Todos nós somos capazes de colocar nossos mais preciosos valores de lado para continuarmos vivos, para não passarmos fome. Não que isso se justifique dessa maneira, mas é assim que acontece na prática. Eu trabalhei durante meses naquele lugar, sempre sendo humilhado pelos *goblins* que comandavam a ferraria. Vi coisas terríveis acontecerem a pessoas frágeis e desprotegidas que queriam apenas uma oportunidade para escapar do estado de pobreza em que se encontravam. Eu obedecia àqueles seres infernais por falta de escolha, por temor, não por agrado. No fundo, o que vocês fizeram àquela forja foi um favor para todos nós. E vou falar mais: às vezes, precisamos queimar aquilo que achamos ser nossa única salvação, pois somente assim criamos coragem para ir ao encontro do que realmente precisamos e nos fará bem — riu, embargado, enquanto a canoa batia contra a pedreira na base do promontório. — Eu não sei atrás do que vocês estão correndo, mas tenho certeza de que é algo bem mais valioso do que o que eu tinha na vida.

— O que lhe faz pensar dessa maneira? — perguntou Isabela, comovida pelas confissões de Ricarten.

— O perigo a que vocês estão dispostos a correr. Só nos arriscamos por pessoas ou coisas valiosas, de alto preço e estima. Coisas baratas costumam ser ignoradas.

— Chegamos — anunciou Aurora, projetando-se para fora da embarcação e interrompendo a conversa do ferreiro com os aqueônios.

Pedro gastou alguns segundos, que lhe pareceram uma eternidade, refletindo sobre as palavras do inesperado companheiro de aventura.

Havia sinceridade naquelas declarações, o poder da pena lhe dava essa certeza. Agora o aqueônio mostrava-se grato por tê-lo em sua companhia. Valera a pena resgatá-lo. Pedro surpreendera-se com tal reviravolta naquela relação. Jamais sonhara que um inimigo pudesse tornar-se um amigo e que isso, de um modo muito satisfatório, trazia alegria.

A partir daquele instante, o garoto passou a nutrir um sentimento respeitoso em relação a Ricarten. Ele pensou em como era fácil ser enganado pela figura grotesca de alguém e que ela poderia, se dada oportunidade correta, ocultar riquezas inimagináveis. Mas que o contrário também sucedia: quantas aparências belas poderiam esconder soberba velada e arrogância transvestida de humildade?

A amizade que surgia entre Pedro e Ricarten lhe deu a certeza de que ele não deveria julgar, para o bem ou para o mal, qualquer pessoa antes que passasse uma situação difícil junto com ela. Porque nessas horas, nos momentos de aperto, desespero e tragédia, a verdade interior é incontrolavelmente revelada dos corações e se manifesta.

Estavam todos cansados e com fome, mas nenhuma necessidade os faria parar antes de chegar ao topo do rochedo. Estavam unidos, com um só propósito.

Subiram por uma elegante e espaçosa escadaria esculpida na própria rocha. O sol começou a se pôr, ocultando-se na linha verde formada pelo arvoredo da Floresta Negra, na direção de onde vieram.

Uma atmosfera sombria e desafiadora preencheu todos os cantos de Matresi. Na entrada portuária da cidade, um portão negro em ruínas os aguardava, como o prenúncio de algum mal vindouro.

O esquecimento estampava-se nas ruas e vielas, na forma de poeira, gigantescas teias de aranha e construções enodoadas e decrépitas. O terreno que percorriam descia na direção da floresta onde haviam encontrado a estátua. Então, voltaram-se na direção oposta, atravessando um muro trincado e cheio de mofo, onde uma rua pavimentada seguia descortinando para eles a entrada do farol a uns cinquenta metros de distância.

Ricarten caminhou até uma casa sem telhado e em parte destruída. Quebrou o umbral da porta, providenciando dois pedaços de madeira com os quais fez dois archotes. O fogo foi aceso com o atrito faiscante entre duas pedras arrancadas do calçamento da rua. O ferreiro era mesmo bom no que fazia, uma ajuda providencial.

A cada passo dado, sentiam a escuridão ficar mais densa. Dentro dos portões do velho farol, deram uma volta pelo jardim que o circundava pela metade, sentindo cada vez mais um temor medonho decorrente da sensação de que eram observados. Não sabiam se aquela pavorosa sensação era causada pelas lendas em suas mentes ou se dignificava a ser real, pois não escutavam som algum que não fosse o da arrebentação das ondas ao pé do rochedo e do vento uivando, frio e úmido.

Ao chegarem à ponta norte do jardim, todos olharam para cima e viram as janelas gradeadas de um aposento. Parte da parede fora destruída, provavelmente por uma bala de canhão em guerras passadas. Aurora foi a única que viu um feixe de luz que descia do céu caindo exatamente sobre a acomodação. O mesmo brilho cintilante que vira na cabeça da Estátua de Gabriel, indicando o local onde se encontravam as varetas.

– O Objeto está lá – disse a fada. – Eu posso senti-lo.

De todos aqueles dias em que passavam juntos, em nenhum momento Pedro percebera tanta segurança em uma declaração de Aurora. A cada passo da jornada, a menina se demonstrava mais decidida, segura e determinada.

– Não vamos mais perder tempo. Papai deve estar preocupado conosco – lembrou-se Isabela, temerosa.

Ferrolhos imobilizados pelo desuso e pela ferrugem dificultaram a entrada do grupo de aventureiros pela porta principal da construção.

Ricarten abriu passagem com seu martelo, destruindo a porta de madeira já apodrecida e fragilizada.

Isabela foi tomada por uma inquietação ao constatar a existência de vários ossos humanos, jogados nos cantos escuros dos espantosos corredores. Ela se perguntou como aquelas pessoas haviam morrido ali, mas não verbalizou sua dúvida nem encontrou qualquer resposta plausível e tranquilizadora em sua mente.

Os salões, assim como os corredores, eram largos e espaçosos, com tênues indícios da beleza que aquele local ostentara em outras épocas.

– Por aqui – direcionou a fada.

Então, começaram a subir a escadaria curva que levava aos andares superiores.

Tapeçarias envelhecidas pendiam rasgadas das paredes fissuradas e gélidas. Vários destroços, ao lado de cadáveres espalhados pelos degraus, evidenciavam sinistras incursões exploratórias malsucedidas no Farol de Brón. Um cenário de desolação e pavor prevenia o grupo de que não deveria prosseguir.

Aurora guiava seus amigos, seguida por Pedro, Isabela e finalmente Ricarten na retaguarda. Com passos precisos e silenciosos, eles ultrapassaram três andares, todos com aposentos enormes e suntuosos.

– Atoc e Lilibeth moraram no prédio do farol – disse a fada.

Mesmo sem compreender nada, Ricarten assentiu, como os demais ouvintes. Prosseguiram pela escadaria e chegaram ao último andar onde, há quase quinhentos anos, funcionara o sinaleiro para navegantes.

Dois imensos receptáculos circulares de pedra ainda se mantinham erguidos de um lado e outro do terraço coberto. Eram as lanternas onde se acendia o fogo para depois ser projetado em direção ao mar.

O vento zunia intenso e a vista do mar era tão inefável quanto alarmante. Da beirada do terraço, Aurora, Pedro e Isabela avistaram, deslumbrados, a luz emitida pelo farol; a mesma que sempre contemplavam à noite na cidade de Bolshoi. Ela emanava do aposento logo abaixo do andar onde se encontravam. Provinha, portanto, do quarto com as janelas gradeadas, a prisão de Lilibeth.

– De onde vem essa luz? – perguntou Ricarten, intrigado – Isso é obra de assombrações.

– Precisamos descobrir uma maneira de entrar no quarto de Lilibeth – exclamou Isabela.

– Deve haver uma passagem em algum lugar por aqui – disse Aurora.

– Talvez tenhamos passado por ela, enquanto subíamos as escadas. Segundo a história, ela foi selada assim que removeram da construção o corpo da fada.

– Pedro está certo. Precisamos retornar para as escadas e procurar uma entrada.

Antes que Isabela terminasse de enumerar os passos que deveriam seguir, Aurora já se encontrava a meio caminho da escadaria junto com o ferreiro. Ricarten segurava uma das tochas e Pedro, a outra.

Eles desceram quase todos os degraus que levavam ao andar inferior, depois subiram novamente até a metade deles.

Um som intermitente e bizarro os deixou sobressaltados.

– O que foi isso? – perguntou Isabela, trêmula.

– Não deve ser nada – respondeu o irmão, procurando manter todos calmos.

– Olhem isso! – apontou Ricarten, fazendo com que desconsiderassem o ruído furtivo e impreciso que haviam escutado, e olhassem pra um canto da escada.

Estranhos símbolos estavam gravados numa parede, na altura dos olhos do enorme e musculoso ferreiro. Figuras estranhas e enigmáticas formadas pela união de retas exatamente do mesmo comprimento das varetas encontradas por Aurora na estátua. Os traços estavam sulcados na superfície do concreto como se fossem parte de uma decoração. Cada um deles mantinha-se inserido dentro dos limites precisos de um retângulo que poderia ser formado pela junção de quatro quadrados idênticos.

Abaixo do quinto desenho, havia sulcos retilíneos, depressões na parede, permitindo a formação de uma sexta imagem dentro dos padrões das cinco primeiras.

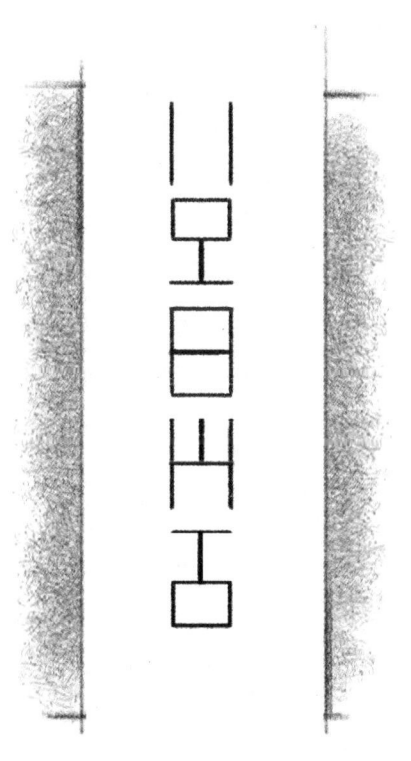

– Precisamos decifrar esse último enigma se quisermos encontrar o Objeto de Poder do meu povo.

Até mesmo Ricarten ficou fascinado ao escutar aquilo.

– Só pode ser para isso que servem as varetas, Aurora. Elas devem ser colocadas nessas fissuras para formar o sexto símbolo que completa essa sequência, de cima para baixo – advertiu Pedro, maravilhado com a possível descoberta. – Provavelmente funcionarão como uma chave para abrir e tornar visível a porta do quarto de Lilibeth.

– É provável, Pedro. Percebam! Existem várias maneiras de encaixarmos as varinhas na parede – atentou Isabela. – Tudo bem, poderíamos passar horas aqui tentando montar o desenho correto até acertarmos; mas o que acontece, se formarmos uma imagem errada?

Pedro, Isabela e Ricarten ficaram pensando nas infinitas possibilidades. Quantas tentativas teriam de fazer até acertar a montagem do símbolo?

Aurora voltou-se para seus amigos com espanto. Seu olhar denunciou logo que ela sabia de algo. Ela sabia o que poderia acontecer. A Visão de fada revelara-lhe. Talvez ela soubesse daquilo desde o começo de sua jornada em busca do Objeto de Poder. Sabia que chegaria a hora em que a vida de uma pessoa tão amada seria colocada em risco.

E antes que decidisse revelar os possíveis resultados daquele perigoso empreendimento, o corvo voltou a grasnar, confirmando seus medos e expectativas. O som veio do terraço do farol como um sussurro impiedoso. Estava próximo.

– Eu não posso fazer isso! – exclamou a fada, com honestidade.

– Como não, Aurora? Agora que chegamos até aqui? – protestou Pedro.

– Por que não? – perguntou Isabela, aflita.

Então, sem rodeios, ela se voltou para o grupo e revelou:

– Se eu errar o encaixe das varetas, se eu montar errado a sexta imagem na sequência, Pedro morrerá.

SEPULTADOS VIVOS

Os estranhos símbolos permaneciam diante dos olhos dos aventureiros como um código incompreensível, enigmático e misterioso, colocando em uma nova perspectiva tudo aquilo pelo qual a fada lutara até então.

Mais do que qualquer outra coisa, Aurora desejava encontrar o Objeto de Poder de seu povo, mas não poderia deixar que tal busca ceifasse a vida do garoto por quem ela sentia tanta afeição. Apreensiva, a menina tornou a olhar para as varinhas em suas mãos. Seu peito movia-se ofegante, enquanto ela inspirava e expirava num ritmo acelerado. Procurava pensar em algo, esperava ser ajudada pela Visão das fadas, mas nada parecia acontecer.

– Você não pode ter certeza de que eu morrerei, Aurora – afirmou Pedro. – Você está se deixando dominar pelo medo.

– Não a incentive, Pedro – censurou Isabela.

– Eu não posso encaixar as peças na parede, enquanto não tivermos certeza da imagem que devemos formar com elas, Pedro. Isabela está certa. Eu jamais conseguiria ter em minhas mãos o Objeto criado por Lilibeth, manchado com o seu sangue – disse, referindo-se ao aqueônio.

Ricarten afastou-se e começou a descer os degraus da escada.

– Eu não morrerei, Aurora. A maldição das fadas não conseguirá chegar até mim. O que sentimos um pelo outro é muito mais forte. Acredite.

– Eu queria poder acreditar em você nesta hora, mas o que vejo não é bem isso. A maldição já está sobre sua vida, Pedro.

– Ouça o que Aurora está dizendo.

Enquanto discutiam o que fazer, os três ouviram um ruído grave e segmentado de algo pipocando. Ricarten havia soltado um pum.

O grandalhão não queria parecer mal-educado, por isso se afastara do grupo. Mas aquele som amplificado pelo corredor da escadaria o havia denunciado de maneira grotesca e repugnante.

O olhar de Pedro ficou imóvel e fixo no de Aurora. Isabela olhou para o irmão e depois para a fada. Em pensamento, eles cogitaram de rir do ocorrido, porém mantiveram a discrição. Tinham coisas mais importantes, extremamente sérias, para tratar.

– Estamos errados. Já devíamos estar em casa... – a aqueônia quebrou o silêncio, embora confusa.

– Não vamos tocar nesse assunto novamente, Isabela. No rio, decidimos que iríamos até o final da jornada, não desistiremos agora, por causa de um dom de visão, de discernimento, ou o que quer que seja, que Aurora sequer tem certeza do que se trata.

A fada não se ofendeu ao ouvir aquilo. Eles estavam sob pressão, mas precisavam decidir o que fazer.

A voz de Ricarten, vinda dos degraus da escada logo abaixo, interrompeu novamente a conversa de Aurora, Pedro e Isabela.

– Um, dois, três... – disse o troglodita, soltando outra flatulência, desta vez prolongada.

As faces dos aqueônios coraram. Aurora esboçou um sorriso incontido. "É impossível tomar decisões importantes, ainda mais sendo elas de vida ou morte, ouvindo ecos de um sujeito soltando gases bem ao seu lado", pensaram os jovens.

– Estamos perdendo tempo – disse Pedro, com dificuldade para segurar o riso, tentando retomar a conversa.

Isabela balançou os ombros, apontando para a direção onde Ricarten havia se ocultado. Aurora mexeu as sobrancelhas como se quisesse dizer: "vamos deixá-lo em paz".

– Não deixarei você correr mais riscos, Pedro.

– Essa é uma decisão que só eu posso tomar, Isabela. E eu não temerei nada.

– Para mim, o Objeto não vale a sua vida.

– Nós vamos encontrá-lo, Aurora.

– Pedro, ela não encaixará essas varetas na parede, se não tivermos certeza...

– Um, dois, três...

Então, como num ritual, o evento com os ruidosos gases liberados se repetiu.

A discussão inflamada de romantismo entre Aurora e Pedro, com a participação aflita de Isabela, foi interrompida de vez.

– Será que ele não percebe? – disse Isabela.

– Ele é um troglodita – sentenciou Pedro.

– É a primeira vez que conheço alguém que conta antes de...

A voz do ferreiro interrompeu o que todos sabiam que Aurora desejava falar.

– Um, dois, três, quatro...

A silhueta de Ricarten surgiu subindo a escada. Aurora, Pedro e Isabela fingiram que não comentavam sobre ele ou sobre aquele grosseiro hábito que haviam presenciado: peidar em público, contando.

– Vamos embora! – gritou a aqueônia, tentando demonstrar naturalidade no desconforto gerado pelos peidos do ferreiro, dessa vez, mais que pela real necessidade de saírem daquele lugar sombrio e cheio de possíveis ameaças noturnas.

– Um, dois, três, quatro, cinco – repetiu Ricarten aproximando-se.

Pedro começou a pensar que o homem havia ficado pinel. A fada interveio, curiosa.

– O que deu em você, Ricarten? Por que está contando antes de...?

A fisionomia de Isabela ficou tensa.

– Eu nunca aprendi a ler e sei escrever apenas o meu nome.

Todos balançaram a cabeça com falsa compreensão, enquanto o ferreiro prosseguia com sua justificativa.

– Só me ensinaram os números para que eu pudesse cobrar pelos meus trabalhos na forja e saber lidar com o dinheiro.

Então, Ricarten apontou para os estranhos símbolos.

– No pé da escada, quando um lado da parede do corredor encobre a metade esquerda dos desenhos, de cima para baixo, formam-se números escritos de 1 a 5 – explicou, ainda apontando para os enigmáticos desenhos de Lilibeth.

A fada e os aqueônios examinaram, ainda confusos, os símbolos.

– Vejam! – disse Ricarten, cobrindo com o braço a metade esquerda das imagens.

Como num passe de mágica, a numeração surgiu diante dos olhos dos três. Os símbolos nada mais eram que algarismos espelhados, desenhados de forma retangular.

– Fantástico! – exclamou Aurora.

– Impressionante! – sussurrou Pedro.

– Lilibeth devia ser uma mulher formidável – confessou Isabela, perturbada.

– Um, dois, três, quatro, cinco – a fada leu o código na parede. – Obrigada, Ricarten. Sua companhia foi realmente providencial.

O abrutalhado ferreiro abriu um sorriso largo e receptivo. Mesmo parecendo não estar totalmente a par do que acontecia. Contudo, não fez perguntas. Era sua maneira de parecer um pouco sábio.

Aurora, cuidadosamente, começou a encaixar as varetas nas fissuras abaixo do último símbolo. Em poucos segundos, a imagem que faltava desenhou-se, perfazendo um seis retangular e espelhado, como os demais números.

Naquele exato momento, a fada ouviu o grasnar do corvo. Ficou evidente para Aurora que a ave crocitava em pleno voo, afastando-se da torre do farol. Ela foi embora, sinalizando o fim da maldição sobre a vida do aqueônio. A vida de Pedro estava segura, pelo menos por conta da maldição que tentara ceifá-la.

A fada sorriu para o garoto e foi correspondida com um olhar profundo e apaixonado.

A parede, na qual os símbolos se encontravam desenhados, imediatamente se moveu. A porta que durante muitos anos havia naquele local tornou-se visível e acessível. Lentamente, o caminho foi se abrindo na estrutura de pedra, dando passagem para os jovens desbravadores.

Isabela pensou em comemorar com um grito, mas se conteve. O que os aguardava dentro daquele quarto esquecido e enfeitiçado pelos séculos de história? Eles simplesmente pegariam o Objeto deixado ali por Lilibeth e seguiriam para Bolshoi? O que o Objeto de Poder seria capaz de fazer? O que seria tal Objeto, já que não eram as varinhas mágicas?

Ricarten se aproximou das tochas suspensas na parede, mas não conseguiu acendê-las. Estavam ressequidas, o que não fez muita diferença, pois o quarto encontrava-se bem iluminado. Metade da parede, descoberta pelo rasgo nas cortinas vermelhas pesadas, refletia intensamente o luar.

Todos se encantaram ao perceber que parte do papel de parede amarelo junto com as pedras sarcon servia para refletir o luar, jorrando luz na direção do mar. Era essa a origem do brilho que emanava daquele aposento. Não havia tesouros ali.

Uma parte da parede lateral, a leste, estava em ruínas – um buraco provavelmente aberto por uma bala de canhão atirada pelos invasores que destruíram Matresi. E através dessa fenda larga a maior parte do luar invadia o aposento, de onde se refletia.

A fada caminhou até a brecha, de onde avistou as águas do oceano agitadas. O ruído da arrebentação preenchia o grande cômodo.

A luz sobrenatural que a fada enxergara, quando se achava longe da torre, ainda descia do céu e recaía exatamente sobre aquele lugar. Apenas ela podia vê-la e sabia ser o sinal de que o Objeto se encontrava ali.

Segurando o archote aceso, Pedro caminhou até o meio do enorme aposento. Passado o vislumbre, a sensação de medo e a necessidade de cautela passou a dominá-los.

– Não há nada aqui.

As palavras de Isabela soaram óbvias.

– Pode não ser o que parece – respondeu o aqueônio, na tentativa de lembrar sua irmã das inúmeras vezes em que se confrontaram com enigmas complexos durante todo aquele dia.

Pedro encarou as janelas abertas e gradeadas que se abriam para o mar. Era como se estivessem em uma prisão nas alturas. Observou com curiosidade o papel de parede amarelo que levara Lilibeth à loucura. A maior parte dele ainda se encontrava oculto pelas cortinas vermelhas instaladas no alto da parede oposta às que ficavam do lado do oceano.

O aqueônio lembrou-se de que elas tinham sido fabricadas pela prisioneira em seus dias derradeiros. Ele as segurou com força, puxando-as para o lado. Parte do tecido cedeu, vindo a cair no chão; outra parte correu nos trilhos para a lateral.

Por segundos, todos levaram as mãos aos olhos, protegendo-os do brilho intenso do luar então refletido quase completamente por toda extensão exposta do papel de parede com suas inúmeras pedras sarcon. Os feixes de luz projetavam um esplendor quase cegante. Tornara-se impossível olhar diretamente para a parede iluminada.

Os raios luminosos saíram da torre do farol através das janelas opostas e na superfície do mar protagonizaram um espetáculo sublime e curioso.

– Uma rua ladrilhada com pedras de brilhante! – exclamou Aurora, apontando para o oceano.

Pedro, Isabela e Ricarten correram até as janelas do lado leste do aposento e observaram a maravilha que os raios de luar haviam feito, amplificados após toda a parede ser descoberta. Um caminho reto, cheio de pontos de luz, projetou-se no mar.

– A rua ladrilhada não corresponde à rua da Forja-Mestra, como havíamos pensado – disse Isabela, atônita.

– Ela equivale à última estrofe do enigma, que, na verdade, é a primeira a ser cantada. Lilibeth estava nos direcionando para o papel de parede.

– Ou para as pedras nele colocadas, Aurora – completou Pedro, incrédulo.

– Ou qualquer outra coisa nessa parede – sugeriu Isabela.

– Ela não deve ter tido tempo de abrir toda a cortina antes de ser atacada e morrer. Por isso o caminho de luz no mar não ficara tão evidente durante todos esses anos. Certamente teria chamado mais atenção para esta torre, para este lugar sombrio e esquecido – concluiu a fada.

Ricarten se afastou da janela e seguiu para a abertura na parede em ruínas. Aurora e os aqueônios continuaram tentando encontrar sentido na última parte do enigma. Caminharam até a parede ornada e apalparam-na. Às vezes, tapando os olhos com as mãos para evitar a incidência direta dos raios do luar, como quando alguém tenta olhar diretamente para o sol em um dia de verão. Outras vezes, fechando a parte da cortina que não cedera.

– Não há nada por aqui – informou Pedro, após passar por trás do tecido vermelho ainda pendurado.

Aurora tentou remover algumas pedras da parede, sem sucesso. Não havia qualquer tipo de dispositivo para ser acionado, nenhuma alavanca, nenhuma reentrância que levantasse a suspeita de piso falso ou de uma passagem secreta.

– O que vamos fazer? Passar a noite aqui procurando? – perguntou a aqueônia, depois de minutos de busca pelo Objeto.

Aurora ignorou a pergunta feita. Pedro pediu paciência.

O ferreiro escutou um som sibilante e traiçoeiro, como se algo ou alguém se aproximasse pelo lado de fora da construção.

Com a cintura apoiada no que restava de uma parede, Ricarten jogou a porção superior do corpo para a escuridão exterior, tentando escutar melhor o barulho que captara segundos atrás. O som se repetiu, agora com mais nitidez.

O ferreiro se projetou novamente para dentro do quarto e orientou:

– Precisamos deixar este lugar o quanto antes.

– O que foi? – perguntou Pedro.

– Não sei... parece que alguma coisa está vindo em nossa direção.

– Neste lugar? O que pode ser? – estranhou Isabela.

– Sim. Algo vem se aproximando de nós, vindo da escuridão abaixo; parece que está escalando as paredes da torre, ouçam...

– Nessa altura do rochedo só podem ser aves – falou Aurora, tentando também responder a sua própria pergunta.

– Posso estar enganado – respondeu o ferreiro, virando-se de costas para o buraco feito na parede. – Já ouvi animais produzirem sons semelhantes e todos eles eram nocivos ou...

Antes que pudesse completar sua confissão, Ricarten se jogou para a frente e rolou pelo chão na direção da porta por onde havia entrado no cômodo. Seu ato reflexo foi estimulado pela sensação de que algo ameaçador surgira por detrás de si.

Cheio de pavor, o grupo avistou finas pernas enormes e peludos surgirem nas bordas inferiores da brecha na parede. Um par, dois pares, três pares, quatro pares. Moviam-se velozes e com coordenação precisa.

Garras pontiagudas apareceram em seguida na abertura. Pouco dava para se concluir sobre a criatura. Aurora, porém, identificou o par de apêndices semelhantes aos que estudara nos livros de ciências naturais das fadas: eram quelíceras, estruturas articuladas situadas ao redor da boca de uma aranha.

Mas não podia ser. Pelo menos, não gigantes como aquelas.

Antes que pudessem fugir do espaçoso quarto, todos foram encurralados pela gigantesca criatura. O imenso animal se expôs à luz do luar, ao adentrar o aposento e caminhar pelo teto com agilidade, posicionando-se acima da única porta de saída.

– Ela esperou que entrássemos para que pudéssemos servir-lhe de alimento – concluiu Pedro, também se jogando no chão como Ricarten, quando a aranha passou por sobre sua cabeça.

O aqueônio levou a mão ao seu gorro. A pena estava lá, mas ele não tinha certeza se ela poderia lhes ser útil. Seu poder se manifestava sobre seres com capacidade de comunicação complexa. No entanto, não custava tentar dominar aquele horrendo animal com linguagem humana.

– Saia de nossa frente agora! – gritou ele – Deixe-nos passar.

Ricarten olhou confuso para o garoto. Aurora e Isabela compreenderam o que Pedro tentava fazer e constataram que o garoto não obtivera sucesso. A aranha sibilou com astúcia, como um cão latindo diante da ameaça de perder o osso que devora. O terror preenchia cada canto daquele aposento.

Num piscar de olhos, um jato de uma substância pegajosa atingiu o braço direito do aqueônio. A teia de aranha o imobilizou e ainda lançou seu gorro para longe.

– Pegue a pena, Aurora! – ordenou Pedro, enquanto outra rajada de teia o atingia com mais força e, aos poucos, um casulo ao redor de seu corpo começava a se formar. Ele foi aprisionado.

– Fujam! Vocês precisam sair daqui – gritou, até suas palavras serem abafadas.

Ricarten ameaçou se aproximar da porta, mas o animal desceu na parede em sua direção.

Do outro lado do cômodo, Isabela correu até o irmão e se debateu, socando e puxando o casulo. Ela gritava e chorava ao mesmo tempo, então sentiu uma gosma ligeiramente quente atingir suas costas. Aos poucos, a gigantesca aranha começou a colocar a aqueônia também dentro de um invólucro.

A maldição das fadas

O ferreiro fez sinal para que Aurora aproveitasse o momento para escapar, mas a fada se preocupou antes em pegar o gorro de Pedro com a Pena de Emily.

Os tentáculos peludos e negros da criatura atingiram Ricarten, lançando-o ao chão. Uma teia de aranha acertou seu rosto, cobrindo-lhe a visão, fazendo com que ele começasse a se debater na tentativa de cortar os fios de seda que o deixaram cego.

A aranha avançou na direção da última presa a ser imobilizada. Aproximou-se da fada e arrancou-lhe das mãos, com agilidade, o gorro com a pena. Como um sinal de zombaria, o maligno animal usou suas quelíceras para picotar o Objeto de Poder dos aqueônios.

Logo em seguida, o corpo da fada foi coberto da substância pegajosa aracnídea, ficando enclausurado dentro de um casulo, como o de Pedro e de Isabela. Nesse momento, Aurora se lembrou de Huna. A pequena fada queria ser um orgulho para sua mãe e também para sua avó, Morgana. Ela acreditou que seria capaz de decifrar os enigmas de Lilibeth e libertar seu povo daquela triste maldição. No entanto, tudo agora parecia acabado. Sua vida e a de seus amigos iam chegando ao fim. Sem poder se mover e respirando cada vez com mais dificuldade, ela notou quando tudo ficou escuro a seu redor, até perder os sentidos.

NA TORMENTA

Aurora, Pedro e Isabela estavam completamente envolvidos pela substância pegajosa lançada pela gigantesca aranha, encerrados dentro de casulos resistentes e sufocantes. Quase inconscientes.

Ricarten conseguira arrancar a teia de sua face e correra para o buraco na parede, no fundo do enorme aposento. Do lado de fora da torre do farol, as densas trevas impediam-no de confirmar o que havia imediatamente lá embaixo, pedras ou água do oceano. O ferreiro pensou em pular de qualquer maneira. Seria impossível vencer a hedionda criatura que o perseguia. Ele desejava fugir dali, fosse como fosse.

O casulo de Pedro se mexia indicando que uma luta se travava entre o aqueônio e as fibras da teia. O de Isabela permanecia quase imóvel.

Os pedaços picotados da Pena de Emily flutuavam no ar, levados pelo vento que soprava do oceano para dentro do quarto. Até que tornaram-se brilhantes e dourados, pesados como chumbo. Caíram no chão e se atraíram de modo a reconstruir sua forma anterior. Em segundos, a pena estava perfeita de novo.

De súbito, rompeu-se o invólucro onde se encontrava a fada. Um rasgo enorme, de cima a baixo, cortou a substância nefasta e quase gelatinosa que a aprisionara.

Para horror do ferreiro, que a tudo assistia, um conjunto de penas negras rompeu o casulo de Aurora. Em seguida, a porção frontal foi cortada por uma mandíbula e um maxilar córneos, que se projetavam de dentro para fora.

Como uma ave saindo do ovo, um enorme corvo emergiu de dentro das tramas do casulo, imponente e com ódio no olhar. Aurora não estava mais dentro dele, apenas a nervosa e gigantesca criatura com sua plumagem negra permanecia ali.

A aranha aproximava-se do casulo que prendia Isabela, mas recuou com o surgimento da enorme ave negra. O bater das asas do corvo fez com que uma poeira asfixiante subisse do piso. Seu grasnar ensurdecedor fez com que Ricarten tapasse os ouvidos com as mãos e caísse no chão, embasbacado com o que seus olhos viam.

Com seu afiado bico, a ave abriu uma fenda no casulo de Isabela e, em seguida, no de Pedro. Os aqueônios rolaram para fora deles ainda sem saber o que acontecia.

Enquanto a poeira baixava, a aranha subiu pela parede e se postou nervosa no teto, com suas quelíceras em posição de ataque. Ela estava visivelmente afetada, sentindo-se ameaçada. Encontrara um oponente à sua altura.

Pedro se recompunha do traumático confinamento, quando viu o ferreiro correr em socorro de Isabela.

Na entrada do quarto, jazia a Pena de Emily reluzente como o brilho macabro que se revelou nos olhos negros do corvo gigante. Outro grasnido emergiu dos pulmões da ave, como um aviso de morte.

A aranha não conseguiu se defender de nenhuma das bicadas histéricas e raivosas do corvo, que a jogou no chão do quarto com violência. Suas oito pernas foram se contraindo na direção do abdome ferido e dilacerado. Seu corpo tomou a forma de uma esfera peluda e sem vida, com um terço do tamanho total que apresentava anteriormente.

Os olhos do corvo se voltaram para Pedro, Isabela e Ricarten. Os três permaneciam perplexos num canto do aposento, assistindo à luta entre as duas criaturas. Eles sabiam que aquela imensa ave era na verdade Aurora.

Os aqueônios estavam ainda mais fascinados do que o ferreiro, pois sabiam o que aquilo tudo significava. Não imaginavam que a fada se transformaria em um corvo. Aquilo já havia ocorrido certa vez com Pedro. Qualquer Objeto de Poder, quando arrancado de seu possuidor, é capaz de liberar uma maldição de morte sobre seu usurpador. No caso de Pedro, ele se transformara numa águia, não em um corvo, como ocorrera com Aurora. Tais criaturas eram conhecidas como Lictores, e agora o aqueônio sabia que elas variavam de portador para portador.

Aos poucos, o tamanho do corvo foi diminuindo e suas enormes penas negras e brilhantes foram desaparecendo. O corpo nu da fada foi retomando sua forma até cair completamente inconsciente no chão do quarto.

Nesse momento, Isabela já havia se recomposto e ordenou que Ricarten pegasse parte da cortina caída da parede para cobrir o corpo da amiga. Enquanto isso, Pedro se levantou e correu até o buraco de onde surgira o gigantesco animal que quase os matara. Guinchos e outros sons aterrorizantes foram ouvidos. Ele não teve dúvidas de que se tratava de mais aranhas a caminho da torre do Farol de Brón.

– Temos que dar o fora daqui. Rápido! – ordenou, correndo na direção da Pena de Emily e pegando-a do chão.

Aurora abriu os olhos e tomou consciência de que se encontrava no colo de Ricarten. Ela percebeu ainda que estava envolta e aquecida pela cortina vermelha. Olhou para o papel de parede amarelo com as pedras sarcon incrustadas e pensou em recusar ser levada dali. A fraqueza física que sentia a impediu de protestar.

Como seria retornar para Bolshoi e justificar todo o risco que correra junto com seus amigos a troco de nada? Como encararia sua avó? Sua desobediência seria punida com severidade. Isso, se conseguissem sair daquele lugar com vida.

Como no dia de seu último aniversário, de sua primeira menstruação, apenas a vergonha seria sua companheira. E mesmo que Pedro e Isabela não se importassem com todo o perigo ao qual foram expostos, Virgínia e Kesler Theodor jamais a deixariam se aproximar deles novamente.

Com o archote na mão, Pedro liderou o grupo destemidamente pelos corredores escuros e tenebrosos do farol. Isabela corria atrás do irmão, olhando de vez em quando para Aurora no colo do ferreiro, que vinha em seu encalço.

Sombras amedrontadoras elevavam-se dos muros da construção, fazendo gelar o coração dos aventureiros em fuga. Pedro sabia que eram mais aranhas famintas; menores que a aranha que os atacara no quarto de Lilibeth, mas não menos peçonhentas e ágeis.

Ao chegarem ao cume do rochedo, na estrada que desceriam para pegar a canoa, eles avistaram as luzes de Bolshoi. Certamente, acontecia a festa de aniversário da cidade. Um som distante de tumultuosa farra chegava aos seus ouvidos. Os habitantes da cidade nada poderiam fazer por eles naquele momento, mesmo que ouvissem seus gritos e pedidos de socorro, desesperados e aflitos. Eles estavam separados por uma distância quilométrica de águas profundas.

Sem pestanejar, Pedro conduziu o grupo escadaria abaixo, saltando degraus e respirando aceleradamente.

Isabela o seguia, quase sofrendo um colapso pelo terror. Precisavam apenas entrar no barco e se afastar da margem do rochedo. Aranhas não costumam nadar. Parecia simples, mas o que aconteceria, se a canoa não estivesse mais no local onde a haviam amarrado? Pedro teria se preocupado em apertar bem os nós que a prendiam à margem? E se o rebuliço das ondas a tivessem lançado contra as pedras, danificando-a?

A aqueônia se repreendeu ao perceber que não conseguia alimentar pensamentos positivos. Mas quem conseguiria pensar positivamente, encontrando-se há quilômetros de distância de casa, desprovido de armas e caçado por aberrações aracnídeas?

Um jato de teia os alcançou, mas não os deteve. Aquele foi o sinal de que as criaturas vinham se aproximando, seguindo-os no caminho rumo ao mar. De repente, vários outros jatos de teia começaram a ribombar como relâmpagos nas pedras laterais à trilha que eles percorriam.

Pedro sabia que não teriam forças para cortar as teias, caso fossem atingidos novamente por elas. E mesmo estando em posse da Pena de Emily, quem lhes garantiria que daquela vez as aranhas a tomariam novamente ou a picotariam com suas presas, liberando um Lictor? Pedro deduziu que isso ocorrera quando a entregou a Aurora, logo após ele ser enclausurado no casulo.

O aqueônio lembrou-se de um ditado que seu pai sempre lhe dizia: "Um raio nunca cai duas vezes no mesmo lugar". A sinistra sensação de desamparo e a inquietante preocupação com as vidas de Isabela e Aurora o fizeram parar e deixar os demais fugitivos passarem à frente.

Para contentamento de todos, eles avistaram a canoa a poucos metros de distância de onde se encontravam.

Isabela foi a primeira a embarcar, seguida de Ricarten que deitou Aurora no soalho ao lado da aqueônia. O musculoso ferreiro ajeitou os remos e preparou-se para avançar com a embarcação mar adentro.

As chamas trêmulas e alongadas do archote de Pedro balançavam de um lado para o outro, enquanto o garoto tentava espantar uma aranha que o alcançara. Caminhando de costas e desviando-se das rajadas de teia, ele saltou para dentro do barco.

Com agilidade, o ferreiro pôs-se a remar próximo da margem, ao pé do promontório, ignorando o perigo.

Perplexa, Aurora se acomodou ao lado de Isabela. Por segundos, a fada teve tempo de contemplar o tecido que a cobria. Percebeu logo se tratar da cortina que escondia o enfadonho papel de parede do quarto de Lilibeth. E para sua surpresa, ao ajeitar o tecido de lã no corpo, descobriu aberturas por onde conseguiu facilmente enfiar os braços. Uma dobra na altura do pescoço pendia em direção a suas costas, semelhante a um capuz. Uma energia estranha percorreu todo o seu corpo.

Antes que ela pudesse concluir sobre o que se tratava, com um grito de pavor, Pedro a despertou para o perigo que corriam, lançados ao mar da Baía dos Murmúrios.

Uma teia resistente e grudenta atingiu o casco da canoa, fazendo-a sacudir com violência. Ricarten teve que imprimir uma força descomunal nos remos para conseguirem sair do lugar. As ondas volumosas não o ajudavam. Então, o segundo e o terceiro disparo feito por outras aranhas que chegavam à margem rochosa também atingiram a embarcação, e toda a estrutura de madeira da canoa rangeu.

O ferreiro sabia que, se continuasse remando contra a força das criaturas, a estrutura de madeira entraria em colapso e eles afundariam no mar agitado.

Pedro procurava queimar com a chama da tocha as teias que seguravam o barco. Uma delas cedeu ao calor, o que muito o animou. Porém, isso durou um curto período de tempo, pois um novo disparo acertou sua mão, fazendo-o largar o archote, que caiu no mar e se apagou imediatamente. Por pouco o aqueônio não foi lançado nas águas revoltas.

Abafando um grito, Ricarten soltou os remos cheio de perplexidade e abraçou com uma das mãos a cintura de Pedro, impedindo-o de ser puxado pelos aracnídeos. Com a outra mão, o ferreiro forçou a teia até que ela se desprendesse.

Os remos caíram na água e desapareceram na escuridão.

Isabela gritou, apontando para outro perigo iminente do qual eles ainda não sabiam. Uma enorme onda se aproximava adentrando a baía. Para infelicidade de todos, ela se quebraria exatamente sobre a canoa que os transportava.

Sibilantes, os ventos harmonizaram uma triste canção, uivando sobre a cabeça do grupo que se encontrava encurralado. Junto às sombras das rochas, as silhuetas malignas e opressivas das criaturas aguardavam o naufrágio iminente. As teias que prendiam a embarcação se afrouxaram, deixando o barco à deriva, rumo à sua própria destruição nas águas bravias e escuras.

– Onde estão os remos? – gritou o aqueônio.

– Caíram no mar.

A resposta do ferreiro foi desanimadora e sentenciosa.

Um vulto cobriu a luz da lua e todos olharam confusos na direção oposta. Pedro, Isabela e Ricarten viram a cortina vermelha do quarto de Lilibeth nas águas. E por um milésimo de segundo pensaram que a fada havia se despido.

Para aumentar a desorientação na qual se encontravam, constataram que Aurora continuava vestida, agora com o que parecia ser um manto vermelho que girava de um lado para o outro levado pelo vento. Aliás, esta é a exata descrição do que os três viram: Aurora vestida com um manto vermelho carmesim, com um capuz sobre a cabeça, que anteriormente se inseria no resto da cortina jogada nas águas. Vestia um lindo manto semelhante aos usados pelas fadas sacerdotisas.

A vestimenta fora escondida na cortina tecida por Lilibeth. Finalmente, Aurora encontrara o Objeto de Poder de seu povo. O último enigma que restara. A rua ladrilhada com pedras brilhantes apontava para a cortina que cobria a parede do aposento.

ADEUS

Com o mesmo temor que olhavam para a onda que começava a se quebrar sobre a canoa, os aqueônios e o ferreiro encararam a fada.

A orla do manto vermelho de Aurora sacudia, embalada pelo impetuoso vento da baía. Sob o capuz, apenas dois pontos brilhantes cintilavam dos olhos da garota, como se fossem lanternas de um farol sinalizando salvamento para navegantes desorientados.

Aurora girou a cintura, voltando-se na direção da onda que começava a tombar sobre o barco. O volume de água, imenso e caótico, empurraria todos para o fundo do mar de uma única vez. A fada ergueu as mãos como quem dá uma ordem para que um movimento seja cessado.

Um tipo de força incomum rasgou a coluna de água em duas partes que se quebraram em lados opostos e distantes da canoa.

Embasbacado, Pedro teve a sensação de que a fada sabia exatamente o que estava fazendo, mesmo sem nunca receber orientação alguma sobre aquele poder que agora lhe pertencia.

A MALDIÇÃO DAS FADAS

Isabela também percebeu que o manto era o Objeto que dera à Aurora tal poder.

Ricarten engoliu em seco, sentindo-se aliviado, porém confuso, ao ver as ondas se formarem ao redor do barco sem danificá-lo.

As teias que prendiam a embarcação se afrouxaram e, na margem do penhasco, as criaturas medonhas que antes os atacavam foram vistas partindo em retirada, amedrontadas.

Como uma maestrina regendo uma orquestra, Aurora movimentou seus braços delicadamente, dedilhando o ar. Virou-se para Bolshoi, ficando de costas para seus amigos; não disse uma só palavra, como se estivesse em transe.

As ondas já não tocavam mais a canoa, que parecia envolta por um campo gravitacional que a protegia. Era exatamente isso que acontecia. O manto dava poder à fada para manipular a gravidade.

A embarcação começou a levitar lentamente. Pedro, Isabela e o ferreiro permaneceram sentados, segurando-se nas bordas de madeira, acompanhando a gravitação que os levava cada vez mais para o alto. Então, começaram a voar sobre as brumas que se formaram com o anoitecer daquele magnífico dia de aventura.

Como um pássaro singelo, o barco singrou o céu noturno sob o luar.

Do alto, eles avistaram novamente a "rua ladrilhada de brilhantes" formada na superfície do mar. Todos os enigmas de Lilibeth finalmente tinham sido decifrados. A maldição das fadas fora quebrada, dando lugar a pura magia.

Aurora olhou por sobre o ombro e sorriu para seus amigos. Contemplou demoradamente o aqueônio, como se um agradecimento quase telepático se fizesse. Ela não teria conseguido se não fosse a bravura, a coragem e o amor de Pedro. Ele fora o único que, em momento algum, duvidara da capacidade que ela possuía para encontrar o Objeto de Lilibeth, expressando confiança e encorajando-a. Ele se arriscara por ela, como somente um verdadeiro amante é capaz de fazer.

À medida que o som festivo do aniversário de Bolshoi aumentava em seus ouvidos, as luzes das fogueiras e das lâmpadas também ficavam mais fortes para os aventureiros.

Na praça principal, um largo, porém baixo, palanque fora construído para acomodar o prefeito Jasper e sua comitiva, assim como os visitantes de Corema, enviados pela rainha Owl. Toda a população se encontrava concentrada naquele local festivo.

O prefeito fazia um pronunciamento, quando uma pessoa notou o barco voador e começou a gritar histericamente, apontando para o alto. Jasper teve que interromper seu discurso moralista e falso, pois uma enorme confusão irrompeu.

Conforme outras pessoas também avistavam a canoa no céu, uma torrente de vozes se sobrepôs ao som das músicas tocadas nas barracas, e faces espantadas, com olhos arregalados, começaram a formar um quadro temerário no solo.

Em pouco tempo, a música cessou por completo. O burburinho aumentou em contrapartida.

Pedro avistou seu pai em um canto da praça e sua mãe numa rua paralela. Ambos pareciam pedir informação aos transeuntes, certamente, desesperados procurando os filhos. Virgínia e Kesler reconheceram, quase ao mesmo tempo, Pedro e Isabela dentro da canoa, quando olharam para cima.

Vestida com o Manto de Lilibeth, Aurora teve consciência de que a partir de então seria capaz de mover objetos. Sendo assim, com o pensamento, ela direcionou o barco para uma área vazia do palanque, próxima de onde as autoridades se encontravam reunidas. Com delicadeza e suavidade aterrissaram.

– Meus filhos! – gritou Virgínia, correndo na direção dos aqueônios, seguida por Kesler.

A fada tirou o capuz de sobre a cabeça e escutou a voz de sua avó chamando-a do mesmo modo preocupado como a mãe e o pai de Pedro e Isabela fizeram. O estado de transe em que Aurora se encontrava cessou assim que ela removeu o capuz da cabeça.

Com aquela chegada triunfal em Bolshoi, Morgana teve certeza de que sua neta encontrara o Objeto de Poder que, por longos anos, várias fadas procuraram sem sucesso. Seria prazeroso dar à sua filha, Huna, que empreendia uma longa jornada em busca dele, a notícia de que Aurora encontrara o Objeto.

– Por onde vocês andaram? – perguntou Kesler, com um aspecto cuidadoso em seu tom de voz – Quase morremos de preocupação, meus filhos.

– Essas são as crianças perdidas? – perguntou um homem rechonchudo e cordial.

Ele vestia um uniforme que exibia o símbolo real de Enigma, uma Coruja, que o identificava como sendo um nobre. Pedro logo o reconheceu. Era o duque enviado pela rainha Owl para participar das festividades.

Estava claro para Aurora, Pedro e Isabela que toda a cidade fora alertada sobre o desaparecimento deles, pois cochichavam e os encaravam.

– O que significa isso? – a voz de Jasper interveio, rasgando o véu de tranquilidade e alívio que começava a repousar sobre os três aventureiros.

O prefeito olhou com desprezo para Ricarten.

Sujo, sem camisa e com a cara fechada, o ferreiro encarou-o com indignação. Ricarten sabia que estava diante do maior cafajeste daquela localidade. Um administrador corrupto.

Aurora contemplou o olhar de espanto dos cidadãos presentes, que a observavam boquiabertos. Muitos não teriam o que comer no dia seguinte, mas reuniam-se ali, sendo embriagados pelo prefeito, recebendo pão e um pouco de diversão barata para que não promovessem qualquer tipo de revolta ou motim. Certamente continuariam formando o quadro de velados escravos e trabalhadores pertencentes a Jasper. Isso se nada fosse feito.

Ela teve o mesmo pensamento ao ficar cara a cara com o prefeito.

A amizade é uma forma de magia. Através dela Aurora, Pedro e Isabela souberam que havia chegado o momento. Aquela era uma oportunidade única para eles fazerem algo em prol da população de sua cidade. Reuniam-se ali autoridades da capital, Pedro possuía a Pena de Emily e agora Aurora, o Manto de Lilibeth.

Um sentimento de ousadia se apossou da fada, dando-lhe uma coragem que ela nunca pensou antes possuir. Aurora Curie não era mais a mesma menina insegura que iniciara aquela aventura em busca do Objeto de Poder do seu povo.

Desde o início de sua viagem, ela contara com o apoio de verdadeiros amigos, de quem teve a oportunidade de salvar as vidas na Forja-Mestra. Aquilo representara "fortaleza". Ela convencera Pedro a salvar um inimigo, demonstrando um ato da mais pura "compaixão". Havia liberado os aqueônios a retornarem para Bolshoi, desobrigando-os de segui-la numa jornada de perigos incalculáveis, com riscos que só cabiam a ela e seu povo, o que representava "coragem". Negara-se a encaixar as varetas para abrir o portal na torre, revelando a todos que Pedro poderia ser morto, "honestidade".

A pequena fada não conseguia identificar de onde vinha o poder que a possuiu naquele instante, enquanto contemplava os moradores da cidade. Na verdade, ele estava nela, sempre estivera, só que fora despertado, ativado pela jornada.

E então, encorajada pelos mais sublimes valores humanos, que geralmente promovem feitos grandiosos pelas mãos de pessoas aparentemente comuns, Aurora não resistiu e decidiu se pronunciar diante do povo e das autoridades.

– Você tem enganado as pessoas desta cidade! – gritou ela, direcionando a palavra ao falsário prefeito.

Houve espanto geral do público.

– O que você disse, mocinha? – perguntou Jasper, cheio de sarcasmo, mas também de surpresa e espanto.

Aurora o ignorou, pois havia decidido que seria melhor desmascará-lo de vez perante a população da cidade. Tudo o que ela havia descoberto sobre o prefeito precisava chegar ao conhecimento de todos.

Vocês, nós todos, povo de Bolshoi, temos sido enganados durante anos pelo prefeito!

Jasper gritou para que seus homens prendessem a fada.

– Não deem nem mais um passo! – ordenou Pedro para os cobradores de impostos e guardas do prefeito que começavam a se mover, cumprindo a ordem do político.

Sob o poder da pena, todos eles ficaram paralisados. Os pais do aqueônio se entreolharam com orgulho e consentimento. O marido cedeu ao conselho da esposa. Finalmente, Kesler parecia concordar com Virgínia em tal aspecto da vida de Pedro.

— Alguém pode me dizer o que está acontecendo por aqui? – exigiu o duque de Corema.

— Este homem tem mantido a população de Bolshoi em um estado de miséria, com a cobrança indevida de impostos e criação de leis que não condizem com a benevolência do governo da rainha Owl – explicou a fada em alto e bom som.

Havia espanto no olhar de todos que a escutavam.

— Nos dois últimos anos, muitos comerciantes tiveram que fechar as portas de seus negócios, sobrecarregados com os impostos criados por Jasper. Homens cheios de vigor e mulheres com vontade de trabalhar são obrigados a viver mendigando ao governo local corrupto, que os mantém com assistencialismos, que os aprisionam, como se eles fossem escravos.

— Ela não sabe o que está dizendo, duque – Jasper tentou se justificar.

— Políticas públicas não são fáceis, mocinha. Muitos fatores podem provocar um período econômico ruim para a sociedade. Governar é algo muito difícil, principalmente sobre uma enorme extensão de terra com povos e tribos tão diferentes. O que a faz pensar dessa maneira a respeito do prefeito de sua cidade? – advertiu o nobre de Corema, interrogando-a.

— Não dê ouvidos para essa criança! – gritou Jasper, indignado.

O duque se sentiu incomodado com as palavras e o tom de voz insolentes do prefeito.

— Ela não me parece uma criança, mas uma sábia mulher, sensata e poderosa, senhor prefeito. Fiquei surpreso ao vê-la descendo do céu naquele barco. Muitos motivos me levam a querer ouvi-la, mesmo que ela não consiga provar o que diz sobre o senhor.

Aurora ficou alegremente surpresa com a reação do duque. "Finalmente, alguém não corrompido e com autoridade suficiente para escutar o clamor do povo de Bolshoi", pensou.

Decepcionado, porém sem poder desrespeitar o representante enviado pela rainha, Jasper fez sinal com um dos olhos para uma figura oculta do outro lado do palanque.

Sorrateiro e escondido no meio do povo, Corvelho caminhou na direção da fada, de maneira discreta. O cobrador de impostos sacou uma faca da cintura e preparou para lançá-la nas costas de Aurora.

Apenas a voz da menina se ouvia naquele momento.

– Jasper tem desviado toda a riqueza do povo de Bolshoi para financiar a fabricação de armas de guerra para nossos inimigos da Terra de Ignor. Tudo tem acontecido debaixo de nossos próprios narizes e com a ajuda de *goblins*. Um sussurro de horror ouviu-se da multidão.

Pedro distraiu-se, encantado por ouvir o discurso de Aurora. Ela não tinha a Pena de Emily nas mãos, mas conseguia fazer com que todos a escutassem com atenção. Não parecia mais aquela menina insegura na colônia de férias, dias atrás.

Corvelho ergueu a mão preparando-se para atacar a fada, quando, de repente, foi impedido pela agudeza e força de Ricarten.

O ferreiro lançou-se sobre o cobrador de impostos e segurou-lhe a mão que empunhava a lâmina. Os dois atracaram-se de tal maneira que as pessoas começaram a correr para longe deles. Antes que qualquer cavaleiro do duque, ou até mesmo Pedro, pudesse interromper a luta, os dois corpulentos caíram dentro da canoa, fazendo-a virar.

De dentro dela rolou uma bolsa que se abriu revelando peças metálicas reluzentes. Era um escudo e um elmo com a marca do povo de Ignor, o rosto de uma caveira.

Imobilizado pelo ferreiro que era muito maior e mais forte, Corvelho gemeu de dor ao ter os braços amarrados atrás do corpo, enquanto era obrigado a cheirar o pó do chão onde foi derrubado.

– Essas são as provas que temos, caro duque de Corema. Elas foram fabricadas na Forja-Mestra, numa estrada abandonada na entrada de Matresi, entre Bolshoi e a cidade de Anacron – finalizou a fada, apontando para os objetos, que surgiram em cena de uma forma oportuna.

– Prendam esse homem! – ordenou o duque.

Aurora fez sinal para Pedro, que caminhou até a frente do palanque e se juntou a ela para, dessa vez, discursar.

– Povo de Bolshoi, muitas coisas ruins aconteceram nesta cidade nos dois últimos anos, mas não é tempo de olharmos para trás e lamentarmos a degradação em que fomos envolvidos. Esta noite, Bolshoi comemora muito mais que seu aniversário, festejamos o começo de uma nova era em que a paz e a igualdade se juntarão em nossas terras. Esta é a hora para celebrarmos um recomeço e precisamos não ser culpados dos atos errados que cometemos. Precisamos estar unidos no propósito de restaurar a dignidade e a liberdade perdidas, de nos ajudarmos como uma grande família e, muitas vezes, colocarmos nossos interesses pessoais em segundo plano, pois somente assim conseguiremos cortar as raízes da ambição em nossos corações. Dessa maneira viveremos o significado real de prosperidade e paz nos quais o Reino de Enigma foi fundado. Vida longa à rainha!

Todos gritaram em uníssono: "Vida longa à rainha!".

Houve demorado aplauso, vivas e urras.

Passado o encantamento da Pena de Emily, que os fizera estancar minutos antes do discurso de Aurora, os antigos guardas de Jasper demonstravam arrependimento em suas faces por terem servido de maneira tão injusta aquelas pessoas às quais deveriam oferecer real segurança. Alguns foram orientados a levar Corvelho para a prisão. Nenhum deles ousou desobedecer à ordem dada pelo duque.

Abraçada com seus pais, Isabela sorria para Aurora e Pedro, que estavam bem à frente no palanque. Ricarten também se mostrava feliz.

Morgana lançava um olhar de orgulho na direção da neta. A velha fada sabia que toda maldição fora quebrada, rompida, por causa da coragem e persistência de Aurora para encontrar o tal Objeto perdido. Ela estava maravilhada em ver a neta vestida com o manto carmesim.

Insidioso, um vulto se moveu furtivo no meio da multidão. A silhueta de um homem mau, terrivelmente maligno. Muito mais perverso que Corvelho. Uma pessoa que foi capaz de tornar os cobradores de impostos mais agressivos e violentos nos últimos tempos naquela cidade. Era Marconi, o pai de Henry, o presunçoso menino que desmascarara Aurora na colônia de férias.

De maneira inesperada, o maldoso chefe dos cobradores de impostos lançou com agudeza e sagacidade um punhal na direção da fada, a fim de executar a ordem de Jasper, que não fora cumprida com sucesso por Corvelho. A ação ocorreu no mesmo instante em que Pedro se voltava para a menina com intenção de beijá-la no rosto.

Afinal, Aurora receberia um beijo de seu amado e pareceu uma eternidade o instante em que ela viu os lábios dele vindo em direção aos seus. Contudo, abraçados, Aurora e Pedro tombaram sobre o púlpito antes que eles se tocassem.

Houve agitação e gritaria. Um tumulto se formou no meio do povo.

Virgínia e Kesler Theodor deixaram Isabela e correram na direção dos garotos caídos. Ricarten vasculhou a multidão à procura do agressor, mas não o encontrou.

Quando abriu os olhos e conseguiu recobrar os sentidos, Aurora mirou os olhos de Pedro e foi tomada por uma angústia profunda. A vida ia deixando o corpo do garoto. Havia um punhal encravado em suas costas.

A SACERDOTISA

Uma dor indescritível percorreu o corpo da fada. "Todos os homens morrerão, Aurora."

Ela se pôs de joelhos e começou a gritar para que alguém fizesse alguma coisa, para que não deixassem Pedro morrer.

Havia desespero também nas lágrimas que escorriam dos olhos de Isabela. Não só os pais dos aqueônios, também Ricarten e o duque de Corema estavam perplexos com a agressão ocorrida ali, diante de seus olhos.

Morgana se aproximou do garoto ferido. Pediu licença aos pais dele e, como quem sabe o que fazer, puxou ligeira, mas cuidadosamente o punhal, removendo-o do corpo do menino e, em seguida, cobrindo o local da ferida com o cachecol que ela usava.

Pedro gemia de dor, buscando, sem forças, o olhar de Aurora.

– Você ficará bem! – sussurrou a fada para ele – Você ficará bem!

As órbitas dos olhos do aqueônio giravam sem rumo, os olhos fechavam-se e abriam-se como se ele procurasse forças para dizer uma última palavra.

Desolado, obedecendo à ordem de Morgana, Kesler correra com alguns comerciantes amigos até o mercado em busca de ingredientes para fazer uma pasta curativa. O desespero e a tensão tomaram conta dos espectadores.

Imediatamente, o duque deu ordens para que os guardas procurassem e trouxessem preso o responsável por aquele ato vil. Com a prisão inesperada do prefeito, tornara-se imprescindível restabelecer a ordem em nome da rainha. Assim, ele se imbuiu de autoridade para governar Bolshoi durante aquele período de grave crise político-administrativa.

Virgínia e Isabela permaneciam abraçadas uma à outra, chorando, também ajoelhadas ao lado de Pedro.

– A maldição foi quebrada na torre do farol – Aurora argumentou perplexa para si, aos prantos. – Eu não posso deixar isso acabar assim. Por favor, faça alguma coisa! – gritou para sua avó.

– Oh, Pedro! – dizia Isabela, aos soluços – Você vai ficar bem.

O aqueônio visivelmente caminhava para seu último suspiro. Morgana percebia que a quantidade perdida de sangue era muito grande e que o punhal havia entrado com profundidade nas costas do garoto.

Mesmo que Kesler Theodor chegasse a tempo com os ingredientes para se fazer a pasta curativa capaz de cessar a hemorragia e eliminar possíveis infecções, a velha sabia que o sangramento interno levaria Pedro a óbito. No entanto, ela preferiu não aumentar a tristeza das pessoas que o amavam, por isso se manteve calada.

Não havia como salvar a vida do aqueônio. Morgana lançou um olhar para sua neta. Era um olhar de lamento e de impotência por não poder fazer algo, apesar de todo seu conhecimento sobre as ciências naturais. Mesmo tendo sido sempre tão mal-humorada em relação à neta, ela estava visivelmente triste pelo que ocorrera.

A MALDIÇÃO DAS FADAS

"Todos os homens morrerão, mesmo sem uma maldição sobre suas vidas", foi o que Aurora escutou novamente em pensamento, relembrando as palavras duras de sua avó.

A fada não se importou em se sujar com o sangue de seu amado. Encharcada pelo líquido vermelho, ela relembrou o momento em que o garoto interveio em sua defesa na colônia de férias, recordou o momento em que desmaiou durante sua primeira menstruação, o instante em que pediu a ele que salvasse Ricarten em nome de seu amor por ela. Uma guerreira ia se forjando naquele ato final do teatro feérico. Consumida pela dor, pela impotência e pela tragédia.

– Olha pra mim, Pedro. Me escuta, você não pode me deixar. Nós quebramos a maldição, você não pode morrer agora.

Ao som das palavras da fada, Isabela intensificava ainda mais o choro.

Inesperadamente, reunindo forças, Pedro conseguiu dizer algumas palavras:

– Nós... conseguimos... libertar a cidade.

– Pedro...

– Aurora...

Maridos e esposas se abraçavam no meio da multidão, amigos, filhos e irmãos. Todos mostravam-se aflitos pela condição do garoto moribundo e emocionados pelo amor demonstrado pela fada a ele.

– Você falou como um verdadeiro líder, Pedro. Não é à toa que a pena lhe pertence.

Com fraqueza, o aqueônio sorriu para Aurora ao escutar aquilo e apontou com a cabeça para Isabela. A menina levantou sua mão, mostrando para a fada que a pena não tinha estado com Pedro, durante seu derradeiro discurso.

Aurora soltou um riso tímido em meio às lágrimas.

– Este... momento... é seu – disse o aqueônio. – Você...

Pedro não tinha mais forças para falar.

Um caminho foi aberto na multidão, evidenciando o retorno de Kesler com os ingredientes e utensílios solicitados por Morgana e necessários para fazer a pasta curativa. Mas já era tarde demais.

E, paralelamente a isso, do lado oposto ao local da tragédia, outro caminho também se abriu. As pessoas se afastavam dando passagem a um cavalo branco que se aproximava ligeiro, até que todos perceberam que não se tratava de um cavalo, mas de um unicórnio.

Montada sobre ele, vinha a fada Huna com um vestido verde resplandecente.

Os olhos da sacerdotisa alcançaram os da filha e se turvaram.

– Mamãe! – disse surpresa Aurora, pondo-se a chorar ainda mais.

O duque de Corema reconheceu a fada sobre o unicórnio e a cumprimentou com um balançar de sua cabeça.

Com agilidade, Huna desceu de sua montaria e abraçou Aurora.

– O corte foi feito por uma adaga e é profundo. Infelizmente, ele não sobreviverá – sussurrou Morgana no ouvido de sua filha.

Huna deu um rápido abraço em sua mãe.

A missão de manter o pano apertado no ferimento de Pedro fora passada de Morgana para Virgínia.

– Sua filha encontrou o Objeto mágico de Lilibeth.

A mãe de Aurora não alterou o semblante, embora desejasse sorrir. Não era o momento, visto que o garoto morria a sua frente.

– Não temos muito tempo. Amasse as ervas no cadinho – ordenou Huna, tomando os utensílios das mãos de Kesler, após cumprimentá-lo também com um rápido aceno.

Morgana fez a mistura dos ingredientes e começou a socá-los dentro do recipiente de barro.

– Não vai adiantar, você sabe disso – cochichou no ouvido da filha.

– Afastem-se! – sem dar atenção às palavras desanimadoras da mãe, Huna pediu que todos abrissem espaço ao redor de Pedro. Apenas Aurora e Virgínia Theodor ficaram perto do moribundo. A segunda mantinha-se estancando a hemorragia.

– Já está bom.

– Eu ainda preciso socar mais as ervas.

– Não, mamãe. Entorne o caldo sobre a ferida do rapaz – ordenou a sacerdotisa.

Incrédula, Morgana fez o que sua filha dissera e se afastou.

Aurora beijava a face de Pedro. Suas lágrimas encharcavam o rosto do garoto. A menina insistia dramaticamente para que ele permanecesse acordado, para que mantivesse as forças. Ela queria sentir o calor da pele dele ao beijá-lo. Desesperadamente, ela temia nunca mais poder senti-lo daquela forma carinhosa.

Huna puxou as rédeas de seu unicórnio, aproximando o animal de seu rosto. Encararam-se num misto de ternura e cumplicidade. Havia profundidade naquela troca de olhares.

Unicórnios são animais mágicos. Eles costumam sentir a morte quando esta caminha ao derredor e, dizem, podem se entregar a ela em troca da vida de outro ser, como prova de sua absoluta dedicação a seus donos.

A cabeça do animal se direcionou para baixo. A ponta de seu chifre tocou a ferida de Pedro por segundos. O garoto pareceu reagir de imediato.

Uma emanação sobrenatural se percebeu no corno, como se algum tipo de energia se transferisse do unicórnio para o corpo de Pedro.

E, mansamente, o animal lançou o último olhar cheio de estranha satisfação para Huna. Um olhar de gratidão pelos anos que estivera servindo a ela. E depois se deitou como se fosse dormir.

Fascinadas, todas as pessoas presentes assistiram ao ferimento de Pedro cicatrizar-se de maneira milagrosa e rápida.

Ao lado de Aurora, o unicórnio de sua mãe pereceu, entregando-se pela vida do garoto. Antes que a tristeza por este fato pudesse controlar as emoções da garota, involuntariamente, ela abriu um sorriso emocionado para sua mãe e a abraçou novamente. Pedro abrira os olhos com vivacidade espantosa. Um milagre havia ocorrido.

– Que bom que você chegou a tempo, mamãe. Ele se sacrificou por Pedro – disse, referindo-se ao unicórnio. E, então, voltando-se para Morgana, a menina completou: – Desculpe-me, vovó, por ter sido tão malcriada com a senhora ultimamente.

– Não fale nada, garota. Graças à sua cabeça dura, a maldição sobre nossas vidas chegou ao fim. Eu sei que também fui muito rabugenta.

– Pedro! Pedro! Pedro! Eu quase perdi você.

Aurora abraçava fortemente o garoto.

Isabela e seus pais, Ricarten, o duque de Corema e toda a multidão presente estavam emocionados com a cura do aqueônio. O poder das fadas se manifestara de maneira grandiosa naquela noite em Bolshoi, diante dos olhos de todo o povo.

Marconi não fora encontrado, mas Jasper e Corvelho ficaram presos e seriam julgados pelos crimes cometidos. Uma nova esperança surgira para os habitantes da cidade naquela mesma noite em que alcançara também as mulheres do povo encantado.

– Ele é lindo – disse Huna, passando a mão sobre o manto de Aurora.

– Eu não teria conseguido se não fosse por eles – explicou a pequena fada apontando com a cabeça para os aqueônios.

Recompondo-se ainda mais, Pedro sorriu e recebeu de Isabela a pena. Uma emoção alegre e satisfatória podia ser percebida no rosto de todos. Então, vivas, palmas e urros de felicidade foram emitidos pela população festiva, ao ver que o garoto sobrevivera. A multidão ficou eufórica e feliz.

Aproveitando a gritaria e agitação das pessoas, Aurora cochichou no ouvido de Huna algo importante:

– Mamãe, Pedro também possui um Objeto de Poder. Está, em seu gorro, é a Pena de Emily.

Momentaneamente o olhar da sacerdotisa ficou sombrio e circunspecto.

A fada encarou os pais de Pedro, contemplou sua filha abraçada ao garoto, seu animal morto e, por fim, voltou-se para o duque de Corema. Com solicitude, ela falou diligentemente:

– Precisamos levar essas crianças para a capital. Elas possuem algo que é de interesse da rainha de Enigma. Precisamos partir logo pela manhã!

Envolta no Manto de Lilibeth, Aurora lançou um olhar apaixonado e curioso para Pedro, que também escutara as palavras da mãe dela. Ambos sabiam que outra grande aventura em suas vidas teria início. A Visão das fadas falou ao coração de Aurora, dizendo que logo iam encarar um capítulo final em relação aos Objetos de Poder, como nunca antes houvera no Reino de Enigma.